幕落

THE END

賴維仁 著

自序

二〇〇〇年左右的某一天，我們幾戶人家被迫限期遷離我們兩代住了四十餘載的老宿舍。那天我回到老宅，眼望一地破碎，滿室淒涼，難抑心中傷感。但是，那次大搬遷，卻意外讓我體驗了一個特殊的下午。

在遍地棄兒的包裹當中，有這麼一個第一眼極陌生、第二眼極熟稔的包包；我拾而拆之，抽出裡面的厚疊：原來，這是若干年前，我在《世界日報》副刊連載的兩個長篇的剪報，編輯小姐（先生）細心地每天為我剪下，寄來給我的。情怯甚於好奇，我抽讀其中一疊。於是，就這樣，我斜倚一張破椅，從當頭的麗陽，讀到不知日之將晡；就這樣，它為我製造了一個「特殊」的下午。——它，就是《幕落》的原始稿。

特殊是暫時的感覺，隨之而起的，是改寫它的積極意願。然而，彼時謀生畢竟不易，不容我在正業之外，左瞻右顧。等後來真有了閒暇，卻又移情到另一個長篇的寫作。這長篇雖然最後發展成上下兩冊（秀威版《無敵天下》），但下冊落筆之前，其實還有另一個長篇的寫作；這要到二〇一三年，我才有機會回過頭來，鼓起勇氣檢驗這篇舊作。

幸而有這麼一段時間的「隔」，我才得以看清何者謂「不隔」。於是我收拾起當年的不捨情懷，揮刀掣劍，修蔓草、移新枝，試著讓想要說的話說得更清楚——或者，更不清楚。這個工程，有時似乎尤難於破題第一個字。這，或者是曾經從事寫作的人，共有的甘苦經驗吧。

有時我想，除非執意參禪，對於世俗中人，這個道理是明白的：鏡台究非靈台，去塵除污，「勤拂拭」依然是不能偷懶的必要。神秀也是通人。

是為序。

一

是在可凡走近唱片架時，看見了她的背影。她跟他走向同一個目標，為了這個原因，他在翻尋唱片之前，又看了她一眼。

白皙、消瘦；該是清清秀秀，因而普普通通的一個女孩子罷——然而不是的，她是濃濃的，濃得化不開；彷彿她雖然在你身邊，卻是在某種極限裡，——也許，這都由於她的一彎長眉，眉尖大弧度向下彎，幾乎要彎向眼角。

儘管她專心找唱片，還是立刻知道有人看自己，因為她突然更專心了。薄細的皮膚一剎時煥發著生動的光彩。

她從架上抽出一張馬勒的第二號，先是正眼看了看封面，再偏著頭，側眼看了看，像是在心裡自問自答著，終於又放回去。

可凡幾乎脫口而出的一句話是：

「喜歡馬勒？這裡有一張布魯諾瓦特指揮的。」

雖然話止於唇邊，卻有脫口而出的鮮銳的激動。這個女孩子，我可以突破第一句話的困難，跟她自由自在交談，他想；因為在她側頭自問自答的時候，她開啟了一扇神祕的門；而由她臉上亮麗的光彩透露的暗示，讓他溫暖又親近。

她放下唱片後轉到可凡的右側，安心等候著。可凡也放下手中的唱片，退開一步，作了一個「你先請」的手勢。她抬起頭，極度好奇地向他投過一道視線，然後兩人相視一笑；於是她的笑便那樣濃濃的，濃得化不開。

突然有一股怪異的快樂從心裡直湧上來，複雜得使他不自由。在這一笑以前，他海闊天空，隨時可以脫身；這一笑之後，他從此不能棄她而去，——是這樣一種快樂。

這拘束之感似乎也發生在她身上。其後她只在唱片架與唱片架之間移動，不曾走遠。不是因為她甘願留在這裡，而是——她根本不能走開。這無形的拘束扣著他們兩人。

可凡趨近她身邊。可怕的貼近：為了使不自由更不自由；使複雜更複雜。

他指著她手裡的唱片，正要說什麼，還沒有說出口，她卻很肯定、很自信地這樣說起來：

「我剛考完試！」

她的話有些唐突，慌亂盲目的；但是她的自信和肯定，立刻帶給她一種敞開胸懷，坦誠以待，勇氣十足的開朗表情。

這句話迷惑著可凡；在解除迷惑之前，他裝作沒有聽見她的話，把要說的話說完：

「這個廠牌的唱片雜音多不多？」

那個時代的翻版唱片，總像炒豆子一樣吵雜。

她鬆了一口氣，一片坦誠地：

「哦，不知道耶。不過，那邊那家好像蠻多的。」她指著另一邊的唱片架。

為了彌補他的過錯——他認定她的題外話是他自己的過錯引起的誤解——他謹慎地問：

「你說剛考完，什麼考試？」

「書記官考試。」她認真地說。認真的那種純度，跟她的濃度一下子那樣密不可分地一致，修正而且淨化了她方才沒來由的慌亂。

他打從心裡稱讚：

「了不起。書記官？這對我可是　門大學問。」

她微微一笑，繼續翻唱片。可凡走向一邊，越發感覺就此走開的不可能。他們又聚攏在一起。他問：

「喜歡誰的音樂？」

「譬如俄國音樂。」

她凝神想了想：

她抽出一盒唱片，拉哈曼尼諾夫的交響曲集：

「像他。」

「真巧，我就是在找他。大家都聽第二號，可是他的第三號很特別的。」

「太貴了點罷——對我來說。」

這是一套原版唱片集。他說：

「是貴了點，不過很值得的。」

她向前走去，像是有什麼困難或危險在向她接近，而她趁它還沒有現身之前，機警地先行避開。他覺得自己邪惡得剛好在瞬間逮住了她的弱點。

在她走向前的同時，他也轉到另一邊，繞得很遠，簡直就要走開去了，於是他便又感到脫離的荒謬，以及情況的越形複雜。

忽然，白敏出現在他意識中，離他遠遠地，莫大威權地默默注視著他。不知為什麼，白敏在這時候會那樣母性化：粗粗的、不細緻的；隨時都在責備卻涵蓋了整個家的母親。

那個女孩手裡揚起一張唱片，從遠處向他招了招。他快步過去。是單張的拉哈曼尼諾夫第三號。

「好極了。」他歡然說；在白敏出現的同時這樣歡喜，讓這歡喜很虛偽、很誇張：「你——？」

「不，還是太貴。」她露出著意強調的，像白紙一般坦白的表情，同時又兼有準備承受打擊的堅強無畏。

「假如，你……我就當仁不讓了。」

她擺擺手。她擺手的意義好像是：算了罷；或：隨他去罷。總之，是跨越了初識的陌生，進入熟悉的一種特別曲折的含意。

他們分開，然後又聚在一起。他問：

「剛畢業？」

「一年了，畢業一年了。」

「現在——？」

「在家；」她反問；非常緊密，密不透風地：「你是老師？」

「嗯，不是。像嗎？」

她笑了笑。也許，是他們同時在心中索求著隱遁的舒適和安穩罷，所以不約而同地又回到令人溫暖的音樂話題。她選了兩張翻版唱片。

可凡向櫃檯小姐做了一個一起算帳的手勢。她趕了上來。

「不，分開算。」她說：「我們萍水相逢的……」

「好罷，我不勉強。」

他一直對櫃檯小姐的反應加倍注意，那怕她一點匿笑的企圖，也會是翻江倒海的巨變，把此刻這完整的局面弄得荒唐可笑；而她們木然的臉，讓他大大鬆了一口氣。

她則毫不在意。在她說：「我們萍水相逢」時，全然無視她們的存在，眼睛只望著他。

可凡付完帳，又走向唱片架，茫然無措。她在錄音帶架前看著。有一陣他們相距甚遠，幾乎就這樣分手了，像兩顆互不相干的星球，各自奔向冥冥的天外。然而終於他又走回去。她不回頭就知道他在她身邊，指著喜多郎的錄音帶不語。有一股暖流貼著可凡的心湧上來。走與不走的掙扎頓時都不存在了。

他說：

「我有一卷，第一集。」

「我也買了一卷，記得是第二集罷？」

並排往前走著。

「照說，你們女孩子該去逛逛服飾店什麼的。」

「嗯，今天不，因為我沒有把我的錢包帶出來——我媽媽！」

她展顏一笑，眉尖向下彎得好深。

當可凡決定說下面這句話的時候，他只是急於要擺脫現況；彷彿陷足在一條佈滿荊棘的小徑上，他慌慌張張地想要三腳兩腳就跨出來；而他要說的話是他不敢面對、隱藏心底的羞愧。

他含糊地說：

「如果，如果你不介意，如果你沒有節目；如果你不怕遇著熟人，如果……我們一起逛逛好不好？」

「我不怕呀。」

那麼簡單容易，她就回答了他一連串糾纏不清的「如果」。

可凡從他的糾纏不清中作了一個歡暢的表情，而作為陪襯的笑容因而模糊不可捉摸。他乾燥堅硬，沒有一絲明確的歡快。

於是他們漫無目的地向前走動。他散漫而不專心，一張網似地四散去撩撥隱藏的尖刺；有一種強詞奪理的專橫，為剛才自己的貿然，找尋冠冕堂皇的理由。

他們默默走著。沒有任何前兆，她就開口說：

「你的孩子很大了罷？」

可凡以愉快的坦蕩，搶過她的話，給她一個簡潔回答：

「唸小學了。」

「不跟你出來？」

「去台北了，跟奶奶和媽媽。」

但是他刻意不去看她的臉。而網向四周的光芒卻陰暗下來；他跟她保持適當的距離。——不錯，她固然是神聖的，他也同樣不可侵犯。

她不追問下去，——或許是她的寬大罷，——他不能肯定這一點，因為他一直避開她的臉。他們一層樓一層樓逛下去。在自動扶梯上，他問：

「府上哪裡？」

「這個哦。」她好似做錯了什麼事，卻不去更正，好勝地硬挺下去：「這就說來話長了。」

「這怎麼說？」

「是這樣的，」不知是閃避還是矜持，她露出一點遲疑，可是迅速排除了困難，做出決定的樣子：「我祖父是日本人。」

她伸出手指，從架上挾起一只水晶杯，細細把玩；彷彿全然忘了幾秒前她的遲疑。隱隱地有一股憂傷，或準確地說，一種遙遠的威脅，向他襲來；突然，像是她就要走開去似地，因而他必須用話留住她，結果出來的是笨笨的、語不驚人的這樣一句俗氣話：

「我說呢，怪道你有東洋美人的味道。」

「是這樣嗎？」她笑起來，眉尖深深地向下彎；很有趣的樣子。

是有趣又不怎麼介意的一種——他覺得——脫俗，把貧乏變得豐饒起來；他不由得繼續往下說：

「是嘛，那你應該會說日語囉！」

「比我的破英文還爛罷，再說，我喜歡做中國人。」

在圖書文具樓，他問：

「喜歡讀哪一類書？」

她猶豫了一下：

「法律方面的。」

他點點頭：

「當然囉，未來的女書記官。如果高考錄取了，是不是就可以分發工作？」

「不一定，還要有關係哦；」她說：「最要緊的還是要能通過考試。可是誰知道呢，去年我也考了，也考得不錯呀，可惜國文不及格，吹了。其實我拿手的就是國文呀，學校裡我的國文不是數一也該數二罷……你看，我在自吹自擂了……」

他忙說：

「考試這事說不準的。」

他們走在一對夫婦後面。他發現他在擔心他們的聲浪傳入這對夫婦耳中，於是進而發覺他跟她並行的險峻和尷尬。

然而不知怎地，他倒固執起來。他刻意望著她，要看進她眼裡去：

「你一定得現在回家嗎？」

「你的意思——？」

「晚些回家不可以？」

她揚起臉，很積極的一種表情，否認過錯的斷然；臉頰一剎時顯得格外光澤明亮：

「沒有關係。不過我得先打電話回家，這是我們家的家規。」

「應該的，應該的。」他說。為了跟她的磊落果斷對應，他積極維持著自己的透明乾淨。

公用電話前好幾個人等打電話，她耐心在一旁等著。他別過臉不看她：為了她遷就他而心中不忍。

過了一會，她走了過來。

「通過了？」

「沒有問題的；但是這電話我一定得打。」

對可凡，這時向他投射過來的，是一股如山的壓力，發自於剛才的不忍：好像到這地步，全是他的事了，責任全在於他了。

他魯莽地問：

「那，我們去什麼地方聊聊？」

「你吃過飯沒有？」

她又一揚臉，一如方才，為了否認錯誤做出斷然的表情。

一種徇私的寬大，讓他蓄意去忽略因她這句話忽然嚴格起來的思想。忽略的方式是立刻去附和她：

「沒有，沒有。對呀，我們先去吃點東西好不好？」

她仰臉問：

「我們去哪裡呢？」

他裝著在想，其實是以思索的姿態逃避有毒思想的滋長。

「去九樓好不好？那家西餐廳我常去吃的。」她說。

「也好呀，」他說；確定自己從他們談到吃這件事開始，他就在檢驗著：檢驗她，也檢驗他自己，——逐項檢驗整樁事件中不純淨的部分：「嗯，或者我們去吃自助餐，不曉得你喜不喜歡？」

「可以呀。」她一點也不反對，真心喜歡地回答著。

「我知道一個地方，我們這就去。」

可凡領先走動，她走在一側。他把檢驗含糊籠統地向心底深處一鎖——這是幾近自欺的軟弱；然而，他還沒有想到去問的是，何以由於他檢驗的天性，他終究不能作徹底的獻身。繁華的夜景把人淹沒了。妥協之後的一點自在，產生更多的放肆，把他誘向主動和揶揄。

他親暱地：

「我以為你會拒絕跟我一道去吃飯的。你們女孩子小心得很呢。這也難怪，這樣的社會嘛。」

「喜歡古典音樂的人不會壞罷。」她馬上回答。

似乎在說服她自己，因此對於她這個理論護短似地堅信著。他一笑不答。

他領著她走向他停車的地方。

「我們一家人常出來吃吃小館子，常常。」她說。

「你喜歡吃哪種菜？」

「廣東菜罷。日本料理也喜歡，只是太、太不便宜了。」她很認真、很有興致地說。

這個「菜」字在他們的談話中，竟變得這樣粗魯、這樣不雅致。從這個印象開始，她那句「我們去哪吃呢」，以及他思考費用之後要帶她去的地方……等等，組成一片邪惡的網，再度誘動了他那有毒的思想。

他專心扶著方向盤，望著前面。她遠遠地貼著座椅，很安適地坐著。她兩手交疊擱在腿上的姿勢成為他意識中一個模糊的焦點。他不曉得這交疊的手是加強了她的安逸，還是暗示了她的緊張。後來這模糊擴大為對她整個人的不能確定：究竟她對他們的相遇持什麼態度？是放懷接納因而處處不設防，還是認定是刺激的探險，因而裡外戒備森嚴？

餐館這天不供應自助餐，西餐倒是有的。他們挑了靠窗的桌子坐下來。小姐把菜單帶過來問他們要點些什麼。她接過菜單，正眼也不看小姐，低頭翻著寬扁的大本子。對女侍自然而大度的忽視，救了她，也救了可凡自己，抑制了有毒的思想。她點了一道蔬菜沙拉、一道濃湯，是那樣毫不做作的端莊雅致。

「只要這些？」小姐問。

「只要這些。」她乾淨熟練地合上菜單，仍然正眼也不瞧小姐。

「先生，你呢？」

「A餐罷。」他說。

也沒說錯什麼，不過就是點了一份大份量的A餐罷，何至於一下子就自覺那樣蠢大無知起來呢？於是屈從於一股莫名的盲動，他向一旁走過的女侍借來一枝筆，在餐紙上寫下他自己的名字，推過去給她。她傾過上身，偏頭看了許久。

即使她的確很正經地看他的名字，也沒能把他點餐的笨拙沖淡一點點。何況，女侍還刻意在一旁候著。他誇張地親切問她：

「在等筆嗎？」

女侍木著臉點點頭：足見她看透了昏暗燈光下，這一類自以為詭密的小趣味的乏味。

「我有筆。」她從皮包掏出筆遞給他。

「你的名字是——？」

「劉……是的，卯金刀劉，雅，文雅的雅，文章的文。你把文雅倒過來唸就對了。」

「很好聽的名字。」

「你的也好哦。」

「唉，不好呢，有人告訴我，我的筆劃不好，簡直壞透了。」

「真的？你信嗎？我不信這些。」

於是，她就問他信不信宗教。

就在他猶豫的時候，她笑著說：

「不信，對不對？」

他嚴肅地凝神望著她，心中滾動著的是他反覆用來辯護的那套皇皇大論。這時想起它來使他情緒低沉暗舊，像是陰雨綿綿的早晨，展望著這必須渡過的漫漫長日。

她對他的回答期待顯然不深，兩眉深深地下彎，看去有一點無助——或無措——的樣子。

「你呢，你信不信？」他問。

「信的！」單純而快樂的回答。

在她，回答似乎只是個唯一的「是」字，所以是簡單快樂的；在他，卻有一套陳腐的詭辯潛伏在心，所以是複雜不快樂的。那一瞬，對這他有極鮮明的體認。

「那你喲，你一定是個虔誠的教徒了！」

「倒不一定；但是我一定禱告。」

他垂下眼，默然。過了一會，他眼睛眨也不眨地看向她：

「禱告真那麼重要嗎？」

「禱告可以讓你平靜。」

他搖搖頭。

「可是我並不認為宗教應該給人平靜。它應該讓人永遠像一團火一樣燃燒……是一種熱情，一種狂熱。」

「我知道的可不是這樣。」

「不錯……是狂熱。只有狂熱才能激動每一顆細胞，毫無保留地奉獻進去。只有狂熱才能包容一切：好的、壞的、對的、錯的。只有兼容並包，他才能真愛、他才能行動。」

「也不一定宗教才要這樣的……」

「你說對了，」他望著她：「不一定宗教，一切，一切。」

她避開他的眼睛，望向燈光黯淡的遠處。

這時女侍先送來她的沙拉和濃湯。她偷瞥了他一眼，正好遇上他集中而旺盛的目光，她迅速斷然地閉上眼。他知道她開始禱告。溫柔卻毫不妥協地，她把外界的種種，還給了外界，包括因可凡而起的緊張。

女侍送上了他的A餐。她則在她的蔬菜盤裡澆上滿滿一匙粉紅色醬汁。女侍問她還要不要，手伸過來要把那一盤調味料端走。

「還要。放在這裡好不好？」她轉頭對他說：「我喜歡加很多酸沙拉，好多好多胡椒。」

她很快樂很滿足地調弄著盤裡的蔬菜，似乎忘記了她的禱告，以及禱告之前莫名的緊張。

他問她平常看不看小說。

「紅樓夢！」她「啊」地叫了一聲；她停下手上的動作，出神望著前面，慢慢唸著：「每日裡情思睡昏昏……」

「還有『壽怡紅群芳開夜宴』那一回，想起來就溫暖。」

她瞇著眼只望著前面。他又問她外國作家喜歡誰。她想了想：

「赫塞，我讀過一部分。」她不太有把握地回看著他。

他搖搖頭：

「赫塞？我沒讀過。」

「那麼你喜歡誰？」

他問了她問題，當然期待來自她的同樣問題。從這幼稚的期待開始，在他滔滔不絕說下去的同時，他為自己構築出荒謬的滿足。

「你說的是，杜思托益夫斯基比托爾斯泰更偉大，是這樣嗎？」

她怔怔地，整個人懸得高高的那樣。

「比任何人都偉大。」他說。

她靜靜地，像一張攤得開開的網，空洞而無助。

她輕輕嘆了一口氣：

「現在我才知道我書讀得真少。」

他說：

「你這話不對。我年紀比你大許多，也許就比你多讀了些罷。」

她一笑：

「只能這樣自我安慰罷。」

她慢慢撥弄盤裡的沙拉，吃得既少又細。可凡這邊，菜一盤一盤上，跟他開玩笑似的。他不餓，卻故意吃得很開懷。一直到這一刻，他都高騎在這樣一匹奔馳的馬上：先是炫目的謙讓而精力充沛；然後精力更其充沛，謙讓解放成一種快樂、自信、大膽。

面對一個他突然將之解釋成溫馴體諒的小女人的她，他解開了自己，給予自己無限制的自由、巨大的放縱，開始跟她說起他自己這個人：他的過去、他的現在、他對世事的看法……。

小伸展台上出現了一個年輕人，向稀少的客人鞠了一躬，奏起了小提琴。

她說：

「這個地方還真不錯。你常來嗎？」

「要是常來，我就會知道今天不供應自助餐了。」

「地方不錯，以後還可以來——我是說跟我同學來。」她修正了她的話；表情中並沒有說錯話的不安。她懂得用泰然自若來化解尷尬。由於他自己做不到這一點，而她居然毫不費力就到了這境界，他非常詫異，突然進一步發展成對她全面的著迷。

小提琴奏得不怎麼高明，外行人也聽得出來。她看著他說：

「我想，可以了罷？」

於是他作手勢結帳；他們起身離座，她走在他的後面。下樓梯時，他聽見她的步子顛了一下，回首見她正扭頭看自己高跟鞋的鞋跟。他說：

「小心。」

但是他立即發覺自己在約束著那全面著迷變成全面關切的傾向。

他們出來在街上，她又回看了一眼：

「很不錯的餐廳。」

要把它存入記憶中去似的。他沒有接口，卻對她默默暗示一種溺愛的放縱；彷彿他們心靈相通到那種地步，她的話就是他心中的話；而這又喚醒了他的警覺。

因為就在這時，他心中出現特別明亮的一點，那就是：他馬上就要跟她分手。這解脫的念頭釋放出能量洶湧的輕鬆，巨大到他簡直認為無事辦不成了。

所以他跟她說：

「但願我們還能見面，」停了一會：「假如有機會，怎麼跟你聯絡呢？」

她沒有特殊表情，彷彿一任旁邊這個人的巨大能量去洶湧、去澎湃，平平淡淡地：

「你可以打電話給我。」

她大約永遠也不會想到她就以她無所謂的平淡收復了他，把他的洶湧澎湃變成臣服──表現在他乖乖聽從她在她指定的地點停下車；乖乖掏出記事本記下她的電話號碼。

然後是她下車。看她不清，只覺得她垂下了眼，下了決心似地說出來：

「後會有期罷！」用力關上車門，隱身在街燈和各色燈光織成的花紋裡。

他催動油門，讓車子滑向路面。從隱隱不見的拘束中縱放出來，快樂才真正開始在他心裡伸展。這有如怪物的快樂，給他一種具體的扎扎實實感覺，他揮灑自如，兼有藝高膽大那種輕佻。他游動在兩極之間：一是因自己的世故而不甘屈服於這種浪漫；一是因自己的世故而仍有這種浪漫的狂喜。

他獨坐燈下，被慵懶纏得緊緊的，四肢沉重。電視機單向的熱鬧，在空落落的房裡迴響著。

心跟四肢一樣遲重。逝去的時間並沒有消失，只是剎時變得陳舊，堆積在四周，使空氣黏滞起來。

他坐下來打電話。接電話的是大嫂，很快就交給了白敏——像是接到了燙手的東西趕緊丟了出去——這個印象把他的精神集中起來。

「可凡哦？」

白敏單調地說。隔了一條線，她更不能調整自己來面對情感；不同的是她的僵硬披上了歡欣的外衣——一定有人在一旁聽她打電話，這表示她也察覺了她自己的僵硬，有立即加以掩飾的衝動。

他的聲音是乾燥的：

「孩子呢？」

「在那裡玩——今天大伯請他吃牛排，吃了兩份。要不要跟他講話？來，小亞……」

「慢點，我還有話問你，」他說：「今天去看爸爸了沒有？」

「有呀，下午我陪媽媽去醫院陪爸爸到晚上……」

白敏的語氣——也一定包括了她的眼睛、她的神情——忽然更單調；退得遠遠的，推得乾乾淨淨，像是一切都跟她無關，她是無辜的。這是她一貫用來保護她自己的方式。

「醫生怎麼說？」

「我不太清楚，」她閃爍不定地；她顧左右言他的樣子一如在可凡眼前，「反正都是大哥在跟醫生說話。」

「你總聽到一些！」被腦中白敏的影像激怒，他嚴厲起來。

「好像，好像醫生也沒有什麼辦法了，不就是那些話……」

「好了，好了，我會問大哥……叫小亞聽電話罷……」

他跟兒子在電話裡耗了好一陣子，他把憐愛發揮到極致；兒子壓著嗓門（怕他媽媽聽見？）央他買玩具的要求，他一概應允著。

他放下話筒，耳中寂然。

問題還是問題，甚至更惡化——譬如父親的病——可是，不知怎的，他放下電話之後，從甚麼不可思議的地方，爬上來一股如釋重負的感覺；而先前的滯重和慵懶莫名其妙地消失了。溫熱裹著他的身子。仍然坐著，卻清醒而機敏。豐沛的活力在他靜止的血液裡逆流而成一股不妥協的力量。可凡知道那是什麼。如果白敏在家，他就會向她低頭。可是她不在，而他並沒有因為她的不在，覺得自己徹底是她的奴隸，他是自由的；換句話說，白敏不是那活力的源頭。

那麼，劉雅文。——不，她不是那一型女人；正好相反，他想起她的時候，他的心絕對安靜，那平靜倒也奇異，像是他對她根本不必加以防備的那一類放心。

而在他想起她的同時，他發覺他竟然記不起她確實的面貌了；唯一能堅定捕捉的是一對彎曲的眉，那濃濃化不開的眉；然後從眉那一部分開始向四周淡化，如墨瀋的勻散。他想得越精細，她就越模糊。

亢奮依舊。一夜不能成眠；而時間的消逝一如雪花一般的溶化；不像往日，當他夜半醒來，或空自渡過一個下午後，他就會心慌意亂地面對一種絕望，如同瞬間窒息了一般。

可凡打了一個電話給劉雅文，時間是在第二天晚上，起因是電視上一個節目。那時他正冷清清地獨酌；電視螢幕出現一個大樂團，一個健壯的中年指揮在掌聲如雷中步上了指揮台，揮棒先把小喇叭帶起，接著是弦樂，再來是木管。

可凡放下箸。由於孤獨，他伸臂呼叫：

「音樂！這才是音樂！」

但是那一瞬，莫名其妙衝上他心中的，不是關於音樂的任何事，而是劉雅文；抓起電話，撥那個他乖乖記下來的號碼。

接電話的不是她媽媽，就是她長輩；語氣雖然有強烈的質詢意味，卻十分大度地保持禮貌的客氣。

劉雅文大概是在房裡或遠處什麼地方，他聽見電話裡在呼喚：

「雅文，雅文！」

然後話筒裡便有由遠而近的輕微腳步聲。

可凡集中精神回想他昨晚一直想不起來的這女孩子的面貌。問題是他根本不能集中精神。而居然必須打起精神想一個剛見過的人的形貌，這不是荒謬是什麼？

這一個念頭讓他覺得一切虛假；一切都在誇張的偽象之下。

話筒傳來輕輕的一聲懷疑和熱辣的好奇並存的「喂」，全然不像昨晚那個模糊女孩子的聲音。

「我是林可凡。」

「你是——？哦，是你！你怎麼知道……」

「不是你告訴我的電話號碼？」

傳過來的是一聲緊張的笑：

「你看，我自己都忘了。」

她的緊張幾乎把她正確的容貌凝聚起來，可是一陣亂，到底又散了，如一溜飄忽的氣味，在風中逃逸不見。

「沒事，」他說：「不在看電視？」

「我在裡面……嗯……練習打字！」

「我建議你現在打開電視，轉到……」他告訴她台號。

「有好節目嗎？」

可凡看著電視幕上的樂團；他告訴她誰指揮什麼樂團，演奏什麼曲目。

她哦了一聲，很疏遠，不願深入地，彷彿遭遇小小煩心事那樣。

而可凡心中高蹈的興奮化為一片烏有，不是因為她存疑的語氣，而是因為他把樂團和指揮的名字說了出來，變音樂的輝煌為眾人皆知的名字，一切遂歸於平凡無趣。

「就是這件事，」他一下子撇開音樂不提：「你在練打字？很用功啊！」

「跟用功無關，只是讓自己忙著。」

他找不到接續的話，便很莊重地這樣說：

「只是為了告訴你這件事。你去忙罷，抱歉打擾了你。」

她不作聲。如果他的想像正確不誤，她這時該是微微昂起了頭，兩彎眉一直彎到眼尾。像這樣子放射她的好奇，她幾乎完全不能保護她自己。剎那間，她的形貌準確地浮上了他腦子。

「哦……好……再見。」

卻沒有馬上掛電話。她的默默等待、她暗示的順從等等等等，給予他龐大的自信；而他的自信又很容易地幫著他掛上了話筒。

火燙的一股熱流在身體裡流動著，他以為是音樂的關係；他倒是一直盯著舞動的指揮棒，但是那熱流跟視覺前跳動的一切似乎無關。他溺陷在其中的，是一個深層的大衝動。

不，與音樂還是有關的。狂歡的結束樂句把不可能的都變成可能了。他順從了那衝動的壓迫，開始寫信給劉雅文。

他提到他們相遇這件事，「註定了我們要相識。」他寫；然後為了迅速閃避潛意識中的某一種危險，他筆鋒一轉，轉向音樂和文學，於是便洋洋灑灑地不能自已。出現在他思路中的，是她這時卻又太清楚、太準確的面容；還有她擺手的習慣——算了罷，或者是，隨他去罷。這小小的阻礙刺激了他腦筋的運轉，帶出那種純淨至上的喜悅。

他馬上把信寄了。

為了印證他的喜悅，第二天他重讀信的底稿，卻讀到了恐怖的改變：那積極於世故深刻、精敏剔透的存心，現在從雕琢的每一行、每一字向他散發出薰人的迂腐。

那麼，這事之為虛妄是無可置疑的了，他們——他跟劉雅文——就到這裡為止，止於這封信。這不單是他們相遇的終結，而是向他證明了他終究也不過如此，跟別人哪有什麼兩樣。

二

白敏帶著孩子，陪母親回來那個傍晚，天下著大雨。可凡去車站接他們。他躲在站員休息室的簷下，望著狂瀉的雨水；每隔若干時間聽一遍火車誤點的廣播。後來他發現這下雨和誤點的意外，變成他們暗中共同的藉口。那是在他迎上前去攙扶母親下車的時候。

「這雨下得怪哩，台北太陽辣得很，過了台中就變了天了，到嘉義這雨倒得下來！」

母親喘著氣說；可凡注意母親在避著他；而在他從母親閃避的眼睛發覺了自己投過去的詢問的目光時，他立刻放鬆自己，不再看母親的臉。

母親很是忙碌；她忙著找小亞，忙著提醒白敏。

「下雨這踏板滑得很，小心！挺個大肚子！」

可凡把小亞抱下車。那邊白敏已經從人堆裡擠出來：先是出來一個笨重的大肚子，然後是一雙穿涼鞋的腳；然後是顯得特別瘦削的雙肩，裸著圓圓黃黃的手臂。不施脂粉的臉也是黃裡透白。頭髮為了懷孕期的整潔方便，燙得既短又捲。

可凡伸手去攙扶，真正的衝動是想握一握她黃黃軟軟的手臂。

「不要，我自己會下！」

她紅著臉說，蹣跚地踩著踏板，一腳跨上了月台。在大庭廣眾面對感情，她永遠驚恐笨拙。從認識到結婚這麼些年，私底下她也是生硬的。所以雖然心動，並不去勉強她。

雨和誤點製造的話題，填滿了回家途上這一段空白。雨卻漸漸下得小了，到家已然是滴雨全無，空氣凝滯沉悶。

幫母親料理了行李，他不得不問起父親的病情。

「還不是叫痛，吃倒也吃得，紅光滿面的，嗓門比誰都亮。」

母親不知為什麼眼睛張得那樣大，好像迫切地要從她自己的話裡希冀什麼。為了不讓母親的思想栓定在那危險的一點上，他刻意閒閒地說：

「慢性病嘛，總要慢慢好罷，媽你也不要去操這個心了！」

「我操什麼心？磨也給他磨死了，早走早好！」母親低首整理箱子，像是一下子寒徹心骨地，曝身在險境，全力逃避也不及的樣子：「要我去台北看他，有什麼好看？看了病也不會好一些！」

白敏陪笑說：

「到底媽媽去了不一樣啊，我看爸爸見了媽笑得好開心！」

母親似笑不笑，既不承認也不否認。半晌，她輕輕嘆一口氣。可凡知道母親又從恐懼走進了絕境。

他歪頭問小亞在台北玩了些什麼地方；他不去聽小亞興高采烈的訴說，卻側耳傾聽母親自言自語著：

「到底什麼病啊？陳老頭還不是這樣，人家吃吃藥就好了，就他是個怪人，病也生得到古怪……」

可凡木然；母親顯然不是問他，是她自己心中的疑問。既然不是問他，卻又說來讓他聽見——他為之惱怒起來。

可凡一家默默回到自己的家——他們住在離母親不遠的一棟公寓——，白敏打破沉悶，直截了當地說：

「我總以為老瞞著媽媽不是辦法，應該讓她知道真象，她有權知道的，不是嘛？」

可凡半天才回答：

「你的話當然也有道理。當初大哥跟我決定瞞著媽媽，是為了媽媽的身體；不能兩位老人家一起倒下來。」

「我以為還是該慢慢說給她知道，讓她心裡有準備，才受得住最後的打擊。」

他不響。白敏的話不假，卻透露著事實的可怖。然而真正震動他的不是她的話，而是她話裡展現的她的個性：她實際的、滴水不透的緊密個性；彷彿兩腿一站，全是她的理，撼也撼不動——他為此不樂。

那一絲握她手臂的欲望，頓時成為陳舊的記憶。

「再說罷。」他冷冷地說。

白敏去弄水洗澡，可凡哄小亞上床。從小亞房裡回來，他隔著浴室門說：

「大哥電話裡跟我說，戴醫生對爸爸的情況很不樂觀，入院那天的檢查簡直嚇了他一大跳，他說他還沒見過蔓延得這麼快的。」

也許是出力的緣故，隔著水聲，白敏回答的話聲特別高昂，聽上去竟帶點歡暢似的：

「外表倒看不出。媽媽說得對，爸爸胃口很好，嗓門也大；不過他只跟大哥說得上話……」

可凡想起父親說話時眉眼聳動的神態，突然窒息一般難過。

「他從來只跟大哥有話聊，他們個性一樣。」

「說起你大哥的個性。」白敏開門出來，一蓬水氣、一片燈光撲向門邊的可凡。她高舉兩臂，用一條大毛巾在頭上揉搓著短髮上的水珠。

她換上了睡衣，肚子更大，肚臍和內衣腰帶從裡向外，突兀地印在絲質睡衣上。

「說起你大哥的個性，」她說：「也只有你嫂嫂受得了。我們到的那天是星期六，大哥非要嫂嫂請假。其實那天大哥說好上館子的，用不著在家忙做飯，嫂嫂何必請假？我這樣跟嫂嫂說。你聽聽大嫂怎麼回答，她說，他要我請假我敢不請？不請，不罵死我才怪！」

她又說：

「不罵死才怪！就為了這芝麻小事？未免過份罷？」

她經過坐在床沿的可凡身前，走向梳妝台；淡淡的香氣飄過他鼻端。他突然對她有一股敵意，由她陌生的體香和獨立的意志而來。她拿起一把牛骨梳子梳頭髮，右手一把一把地梳著，左手幫著攏髮梢，頭微微仰起，足見她對頭髮的專心。

「她太軟弱了，我是說大嫂，」她說：「『我』對『你』媽好自然應該，但也不是絕對的嘛。老實說，『我』因為跟『你』結婚，『你』媽才跟『我』有親屬關係，這關係沒有血緣的關聯。」

可凡默然。白敏的話字字結實有理，毫無瑕疵，是一種純粹理性的堅強，潔淨而冷酷，進入他腦中，宛如一棵樹種在地上，他牢牢記住了。同時，也不光是這句話通過他記憶的檢查後留下；事實上自從火車站第一眼起，白敏就在他細密的監視之下，他密切觀察她的一言一動，不給一丁點遺漏。

譬如眼前這個肚子，在絕對嚴格的檢驗下，真是巨大笨重得怪異：好像是過度貪吃的畸形結果。睡衣的絲料隨著起伏的手臂一上一下滑動，擦著內衣腰帶發出窸窣的聲響。

他振作起來，從險境中拔回自己：

「這幾天胎位怎樣了？」

利用懷孕這件事的不可否定，把肚子的怪異印象扶正過來——這，才是他的居心。

「頭還是朝上。小傢伙在裡面踢足球。」她微笑說。

「預產期不就快到了，這怎麼行？」

「醫生說沒關係，到時會轉過來的。」

白敏最後把短髮都攏到了耳根，露出小小的兩隻耳朵。在可凡對面一張籐椅坐下。為了遷就大肚子，她兩腿張開，兩隻手撐在兩腿中間。既乾淨又邋遢，像純潔的女學生，又像遲鈍的中年婦女。

她神色不定，但極清楚的一點是，她從不定之中，全力維持著一種客氣。她望著他說：

「我想，我月子裡請我媽媽過來照顧一下。」

可凡的反應立即而又尖刻：

「為什麼不請一個人？」

白敏似乎料到了他的回答，因為她立刻把客氣撤得乾乾淨淨，換上不甘示弱的強硬：

「為什麼要請人？有誰比外婆好？奶奶又不能來；再說，小亞還得跟著奶奶住去！」

又駁她不倒。他索性不理她，闔眼仰面躺下。一股瘋狂的抵制衝動，應她的強悍而起，霸佔在他心中。他絕不願就這樣承認她有理，也絕不願輕饒她——好像根本上這就是她的過錯。

父親決定年前出院回家。大哥在電話裡這樣跟可凡說：

「戴醫生說能做的都做了，住下去也沒有用。戴醫生還說，這醫院是『治病』的，不是療養院，老太爺現在只能慢慢療養，言外之意很清楚……出院也好，讓老人家回家過一個快快樂樂的年。」

母親對父親回家這件事沒有明白表示意見。可凡發覺自己的一雙耳朵無時不在小偷似地竊聽著；終於聽見她自言自語著：

「……醫院不是頂好嗎，有醫生，有護士，天天有人去看他，他不是頂愛熱鬧的嗎？……」

她不把她的意思明確轉換成這句話：不要出院罷。她突然蒼老了許多。有時母親恍恍惚惚坐在椅子上，叫她也聽不見。有時母親會格外昂揚，高興到極點的樣子，隨之臉上便出現迷惘，驟然沉陷下去。一浮一沉之間，她越見蒼老。

根本之道是減輕母親的壓力。而目前的狀況是壓力只會一日比一日加重。這是個解決不了的困局。

父親回來的那個星期天上午，白敏一大早就過去母親那邊幫忙把飯做好，只等父親到家炒菜。然後可凡跟白敏去機場接父親。雖然入了冬，太陽的熱度跟炎夏也差不多。

父親戴著呢帽，嚴嚴密密地裹著一套厚西裝，慢慢從裡面走出來，一步一步，像是在探測不明地形。目光黯淡；可凡和白敏迎上去也沒有在他眼珠增添一點光彩。

讓可凡的心懸吊起來的是這個疑問：究竟父親是以他的意志在偽裝，還是這就是他已經進入的狀況？由於懷疑，他痛感到自己態度的冷淡和僵硬。白敏跟他全然不一樣，她挺著大肚子大步走上前扶著父親的手臂，親熱地：

「爸爸，坐飛機還好罷？」

父親緩緩抬一抬右手，指著白敏大肚子，粗重地：

「還——還沒有生啊？」

父親忘記了不久前他們還在台北見過面。白敏側著頭，附著父親的耳大聲回答著：

「還沒有啊，預產期還有兩個禮拜。」

父親緩緩望向可凡這個方向，沙啞地說：

「你呢，今天沒有上班？」

可凡回答得很快，卻難掩心中的憂疑恐懼：

「今天是星期天。」

他們回到家；白敏奔進廚房，跟母親說：

「我來炒菜罷！」

正在搬弄鍋鏟的母親搶著說：

「我來，我來！」

她堅決不回頭的姿勢顯得很怪異。過了一會，母親大聲自言自語著：

「我也不曉得飛機幾點到，問小亞，小亞說爸爸媽媽沒告訴他。我一下以為你們回來了，開門看又不是，我也不曉得該不該炒菜！」

先是自責，然後開始要責備別人的時候，突然發現什麼都不是，就變成莫名的惱怒。可凡心頭沉重，卻只淡淡地說：

「別急罷，晚就晚一點吃罷。」

白敏又踅進廚房來說：

「媽，我來罷，你出去陪陪爸爸！」

母親說：

「我來呀！有什麼好陪的？還不是聽他哼哼唧唧！」

只好讓她堅守廚房。那是一頓緊張而不愉快的午飯；除了小亞，大家都食不甘味。

但是這只是開端；痛苦的日子從後面一天一天堆上來。也許是藥物的關係，父親大半時間睡在床上。每隔一段時間就要起來小解或大解，然後自己慢慢地爬上床，躺下又昏昏睡去。

母親挖空心思為父親弄吃食，從家鄉的古老菜色搜索起，而她的恐懼並沒有因而減少，彷佛越做越心虛似的。父親從來沒有滿意過，他吃得一天比一天少。

過年有做不完的瑣事，白敏挺著肚子像牛一樣忙著；母親從早做到晚，她狂熱、貪婪地搜尋著大大小小的事，恨不得一口氣做完，卻發覺她只能幫幫白敏的忙，甚至連忙也幫不上——這，成為她心中新的恐慌。

年三十那天，母親從一大早起，人就精細嚴密得出奇，凡白敏經手的事她都親自檢點查看。而隨處都有不對，她馬上尖刻說出她的不滿，因此肉切得太大塊了；醬油怎加得那麼多；供桌怎能這麼擺，等等等等，都不對了。到得傍晚，好不容易一切就緒，天氣一掃白日反常的燥熱，冷颼颼的風貼著地面吹進心裡去。暮色沉沉的院子裡，母親孤零零坐在矮凳上，一張一張撕著紙錢。年三十晚上，他們照例是要祭神拜祖的。可凡遠遠聽見母親啜泣的聲音。

可凡把餐廳的燈開得雪亮，映著一桌熱騰騰的菜。他進去扶父親出來。母親因為期待，幾乎緊張得忘記了動筷子，她豎起每一根神經，暗中觀察父親的舉動。然而，即使是年夜飯，父親也只點綴了幾口。最後，母親幾乎是懇求地輕聲說——眼睛卻只望著桌子：

「多少也吃一點呀，總有什麼可以吃、喜歡吃的東西呀！」

父親已經站了起來，沙啞地說：

「你，你們多吃，多吃。」

大哥一家沒有回來。雖然他們知道那句：「讓老人家過一個快樂的年」的真正意思是：「讓老人家過一個最後的年」，他們還是沒有回來。

有人告訴可凡一個中藥方，他按方抓了藥來。父親以不是全信的神情開始服藥。吃這藥必須茹素。母親告訴可凡父親吃藥的情形：

「藥是一點都不馬虎地吃了，時間拿得準準的，一分一秒都不差，」母親忽然笑起來，笑得很歡暢：「胃口倒是好了，昨天他說好久沒吃扣肉了，今天又說我們家的粉蒸肉好吃！」

「可這些現在都不能吃啊！」

「是呀，」母親嘆口氣：「你爸一輩子就愛吃肉！」

那天晚上他又抓了藥送去，大門虛扣著，客廳暗沉沉的。他一逕走入臥房，把藥放在桌上。臥房也沒亮燈；父親睡在陰暗的床上。

可凡說：

「藥拿回來了。」

父親氣息微弱地應了一聲。可凡立刻的衝動是退回客廳去，脫離父親的臥室；脫離那瞬間傾注在他裡裡外外的複雜的苦惱——對父親的微弱的過度敏感；對這微弱不由自主要加以曲解的傾向；以及對那微弱應作什麼反應的壓力。但是這樣落荒而逃，只讓他更感受到父親緊緊貼在他身後的那一雙不可解的眼。那雙眼在說什麼？是不滿、是譴責？是孤獨、是恐懼？還是，還是痛苦？

被這灼熱的迷惑苦惱且驅逼著，他又走進臥房，說：

「藥罐子在哪裡？我替你把藥收好。」

父親不回答他的話，提高了聲音，另有所問：

「這藥對症嗎？是專門對付我這病的嗎？」

可凡突然惱怒起來——由於父親出其不意的固執，而且是只因固執而固執的固執；死硬派的、不帶一絲熱氣希望的固執。

他含糊應著：

「是……就是這樣的！」

抱著藥罐子匆匆出來，把父親遺棄在黑暗裡。

他在燈光下打開罐蓋。罐子裡還留著吃剩的黑色藥丸，此外就是一張疊成四四方方的紙。他掏出那張紙，只見正面端端正正寫著「禱告」兩個字，攤開紙來，密密麻麻寫滿了字，是父親的手跡。第一句是：「上帝啊……」，可凡迅速把紙疊回原來大小，放進藥罐裡去；心中驚恐莫名。

藥方來自一位傳教士的善心，是他家的祖傳；據說得自神的啟示，所以隨藥送了一張說明：要虔誠祈禱，感謝神的恩典；神將因你的一片誠心，使藥效得以更宏。這是可凡早已知曉的事，可是為什麼在他發覺父親的順從之後，竟然那樣驚慌失措？

他感到全然無助。身為子女，在這生死關頭，竟被迫置身事外；而在大變之中，他仍舊不痛不癢地正常生活著。

忍著湧進眼眶的眼淚，起身走進父親臥房，面對黑暗，心中懷著那樣脆弱的情感，語氣卻堅決而肯定，他大聲說：

「爸，藥安心吃下去罷，一定會好的！」

黑暗中的父親沒有說話。可凡覺得由那個方向送過來一片柔和的沉默，像是一陣溫煦的微風，融化著他們父子間的僵硬。

他退回客廳，垂首坐下來。母親坐在對面，迷惘地望著地下。好久，她嘆了一口氣：

「你回去罷，上了一天班，洗個澡好該休息了。」

可凡找不到話說，默默起身出來——就這樣容容易易地出來了。他更其傷痛；對自己加倍惱怒。然而，在回家那一段短短的路程中，他體味到不能抑制的奔放的解脫；一種純肉體的大鬆懈。

第二天，他辦公室桌上放著一封陌生的信。字體很端正，每一個字的收筆都微微上翹，像課堂上規規矩矩、目不斜視的學生，收課放學那一刻，也忍不住歡欣起來那樣。

致拉哈曼尼諾夫的知音：

為了這個、那個理由，梅塔的指揮我沒有能看著。但是我終於一狠心買了一張第三號，這個人——拉哈曼尼諾夫——的。如果你那一張的封面也是那位藍襯衫的年輕人，我們就是同一張了。認真聽了，不懂。不過第二樂章頗近我的心境。我禱告的時候，你眼神古怪有趣，要笑，又像害怕。看別人禱告會這樣的嗎？我沒見過人家禱告，因為那時我自己也在禱告。昨晚就枕讀「壽怡紅群芳開夜宴」，果然溫暖極了。

Y. W.

規矩的字體之間，這樣跳躍著捉摸不定的複雜：是俏皮又是老練。難道那濃濃的彎曲的長眉有另一番解釋嗎？她一度清晰精確的面貌這時又模糊了，只有她微微仰臉的模樣是確定的，彷彿那姿勢被她上翹的字尾托住了，上升到一個高度，好奇地存留在那裡。

一股熱流奔竄在他體內。他坐下來，一下子沐浴在燦爛的陽光裡，忘記了一切——忘記了先前可疑的迂腐。他動筆給劉雅文寫一封長長的、長長的信。而一落筆，正如他剛剛一坐下來就擺脫了所有束縛，他寫向一片遼闊的空間；不盡的富裕之境。而露盡凶貌的迂腐，這時不是變了身，就是隱藏了起來。

寫信也不能停息他不顧一切的奔馳。他打電話給她。

她自己來接電話。

「喂——」傳來她的第一聲，閒閒散散的。漫漫長日，百無聊賴：「每日裡，情思睡昏昏」。

「Y. W.。」他說。

電話中寂然。

「收到你的信，」他忘情地投入，連他自己都不知道他投入有多深：「收到你的信；我告訴自己不該打電話給你——，可是，我怎能不打？」最後那輕輕的一句「怎能不打」倒像是在質疑他自己。

沒有回答。

「喂——」他說。

突然話筒中響起了她的聲音，有點冷硬，含糊不清的：

「你，今天沒有上班？」

「我現在就在辦公室。」

「哦，你們上班很輕鬆。」模稜兩可，似乎故意把明確弄成籠統，清晰弄成混沌。

「我不知道我忙還是不忙，我只知道我要打電話給你。」

「有——事？」疏遠地。

「不，」他說：「我剛剛寫了一封信，你明天就會收到。」

「哦。」她吃了一驚，聲音向內緊縮著，猜疑中露著畏懼。

他陷得那麼急速而猛烈，一直到這時候，孤軍深入的荒寒才開始向他投下一片涼意，如一彎冷月，自夜空向他冷冷照射著。

由於那種荒涼和詫異，他小心翼翼地向她探詢著：

「我告訴你我對拉哈曼尼諾夫的看法……」

反應是絕對敏捷的：

「那麼快呀，」匆匆又加了一句：「我最近很忙。」

可凡簡直看見她防備森嚴的樣子。

他說：

「……我還問你關於禱告的事。我想知道，你禱告的時候，你心裡有什麼樣的感覺。」

「什麼？」不知是故意，還是茫然，她沒聽清他的話。

「我是說，我想知道你禱告的感覺。」

「哦，那沒有什麼，」她重重呼了一口氣：「我把它當成習慣。你吃飯前不洗手便不舒服，不是嗎？我不禱告便不舒服。——我信裡的話，請你不要介意。」

「不，當然不，」他急急地說：「我正想告訴你，你看得很深；雖然我不是故意要那樣的。」

想了一想，他說：

「如果一個從來不祈禱的人，有一天為了什麼特別理由，忽然禱告起來，這不可笑嗎？也許還不只可笑？」

「只要誠懇就不可笑。」她想也不想，從心裡直接回答他。

「只要誠懇就不可笑。」他重複她的話：「連動機也可以不追究哦？」

「最原始的動機只有一個，明明白白地在每一個人心裡，還追究什麼呢？」

他大為動情，不是為了她的話，而是為了她說那話的靈動自然；不再荒涼和孤獨了。

半晌，他說：

「但願我能跟你一樣，看得平靜，看得透徹。」

她沒有回答。像是醒悟了過來，又要開始躲閃似地。於是他說：

「我想見你。」

在他說這句話的時候，他有一種近於苦惱的，極複雜、極困難的感覺；而且，不知為什麼，他覺得他應該表現得比「我想見你。」這句話更熱烈、更激奮。

她嘴唇發出輕輕的吸吮。緊貼著他的耳朵，她就這樣讓他聽見她肉體的聲音。她不再閃躲，不再驚慌失措，她具體地站在那裡，像一個主宰的、權威的母親；而他則不知為什麼，失去了他的自由意志。

她說：

「我最近很忙。」

「你的意思是你沒有時間出來？」

「也可以這樣說罷，」她說：「我真的很忙，不騙你。」

從話筒向她送過去一聲爽朗的笑：

「你當然不會騙我，我相信你的話。」

忽然他在心中又見到那種明亮——就是上次他們要分手時，因為解除了壓力，豁然萌生的一清見底的光亮——；於是從這光亮點出發，他得心應手地找到了不同的話題來延長談話的時間，油滑而順利，歡暢而飽滿。真的十分歡暢——都因為她拒絕了跟他立即見面。

接下來幾天，他埋首寫信，一天一封，給劉雅文，一直到他不得不停止；一直到那天晚上，白敏告訴他：

「肚子下墜得慌，怕不是要生了罷？我想先去附近私人醫院檢查一下。」

他才醒過來，迷惑地瞪著從迷迷濃霧中出現的白敏，那麼巨大、那麼陌生。令他迷惑的正是這一樁：她透露的陌生。懷孕末期的生理異象：例如特別脹大的鼻翼（毛孔也連帶脹大了）；豐厚的下巴（因而帶著不自覺的自滿）等等，都展現在燈光下他的眼前。

他說：

「預產期是哪一天？」

她抬起頭，閉起眼，有不盡的濃厚興致似地細數著：

「昨天、前天，對了，大前天，過了三天了！」

「那你還等什麼？」他大聲責備她。她順從地換了衣服，步履蹣跚地出去了。小亞問媽媽「去了哪邊？」聽說媽媽要生美梅了，毫無興趣，自顧自去玩了。

過了半個鐘頭，白敏按了對講機，說：

「開門！」

平靜而高興。可凡去開了門；大半天她上來了，呼吸粗重，倚著臥房門：

「那醫院只有護士在，她替我檢查了一下，說開了一指半，還說我胎位很好，頭已經下來了。」

說到下半句，又聽出她高興的語氣，原來她是為這事高興。可凡問她是不是要入院，「你說呢？」她反問。可凡想想說：「先打電話問陳醫生罷。」

「打電話給陳醫生？為什麼？問他要不要開刀？胎位不是正了嗎？」

白敏臉色發白，盲目地反擊著。她最近常有一下子就絕望了的表情。她變得短促——從裡到外，從個性到外表——，剛出發就到了盡頭；剛開始就已經完結似的。因為短促而轉折不靈，她看上去是遲鈍得愚笨的。

他克制不住往上冒的火氣，粗聲說：

「告訴他情況，問他要不要住院呀！這麼簡單的事情想不到？」

於是白敏移動著笨重的腳步去撥電話。陳醫生吩咐她先到醫院去。可凡把睡著了的小亞叫了起來，「到奶奶家睡去！」小亞歡呼一聲，去收拾他自己的行囊去了。可凡自己也想著要準備些什麼，由於這一念，他才看見臥房角落的兩個塑膠提袋，整整齊齊，十分識趣地縮在那裡，像兩個小可憐；而白敏站在旁邊，正笨拙地彎下腰，要提它們起來。

心裡一軟，他走過去，輕輕撫著她的肩，柔聲說：

「不要緊張，也不是頭胎，不會有問題的！」

白敏回頭傻乎乎地一笑，笑得那麼寬、那麼鬆，鼻翼也張得更大；她既快樂又擔著心事：

「不緊張，我不緊張，我倒想快點生了算了！」

可凡嘆了一口氣，不知怎的，覺得安心而鬆懈。

「不緊張就好。我先送小亞去奶奶家，回來再一起去醫院罷。」

來開門的母親吃了一驚，一直聽不懂可凡的話。可凡說了三次，她才弄明白「白敏發動了」的意思。

她一把將小亞拉了過去，緊緊摟在懷裡，她大聲說——正是她最近動不動就虛張聲勢的口氣：

「那要趕緊去醫院！小亞我來帶！東西準備齊了沒有？熱水瓶、衛生紙，還有換洗的衣服呀！……吃呢，她每天吃什麼？誰給她送飯？……」

可凡等母親說完，回答說都準備好了，不用操心。他問：

「爸爸今天還好罷？」

從母親兩眉閃過一絲達於頂點的厭惡，然後就是加倍的虛張聲勢，夾雜一點含糊籠統的粗心：

「上午叫痛；晚上吃了大半個饅頭，剛剛睡著了。」

可凡不說話。父親房裡沒有開燈，從房門一路黑進去，像一個不見底的洞。

「那就請媽告訴爸爸說白敏要生了。這兩天怕不能天天來看他。」

「你去罷，我會告訴他。」

可凡才出門，母親趕了出來，在後面說：

「生了就趕緊來告訴他……告訴你爸爸……」

聲音帶淚；突然那麼脆弱、那麼絕望。可凡心裡一亂，一句話也沒說，發動車子走了。

白敏已經在樓下等他。老遠就見她寬寬大大地站在路燈下，向這面翹望著；該帶去的兩個手提袋停在她腳邊。可凡覺得她始終帶著好整以暇的愉快：彷彿有什麼出乎意外的滿意事情發生了，甜蜜蜜的，但是細細想過去，又確實沒有什麼大不了的那種平凡的喜悅。

可凡歪在沙發上，伸長了腳，睡睡醒醒。小休息室裡這時只有他跟那矮胖的中年男子遙遙相對坐著。可凡一睜開眼便在靜夜的日光燈下看見中年男子身旁的一大疊衛生紙、一個鋁臉盆、一個白底紅花的暖瓶等等。陪他的小姨子——那上嘴唇有一道小疤痕的女孩子——是一個永不疲倦的觀察者，一直懷著高度好奇心，右耳貼著待產房的木門傾聽裡面的聲息。有時她進到休息室來，而可凡是醒著的，他就會問：

「生了沒有？」

她就回答著：

「還沒有吶！」

跟可凡像是熟朋友似的。她的小疤痕神奇地帶出她發自內心的誠摯，同時又提醒著她要時時自省。可凡覺得那一道疤痕竟成為她臉上必不可少的一部分。

但是可凡跟中年男子的距離是始終存在的，誰都不找誰說話。

女孩子跑了進來：

「姐夫，姐夫，姐姐生了，我聽見娃娃在哭！」

喘一口氣又說：

「不知道是男是女？我去問問去！」轉身向外奔。

中年男子猛然站起身子，不住地：「哦，哦，哦……」蹣跚走了兩步，讓笨重的身子擋在門口。女孩子抓住一個從產房出來的護士問：

「生了是不是？是男生還是女生？」

「是那個一直鬧著要開刀的嗎？——生了。」

「是男是女？」

「是女生。」

「女生？姐夫，是女的。好棒哦！」女孩子拍著手說。她一笑那疤痕就格外醒目。

在她拍手歡呼的時候，可凡更改了對她的觀感，由於她那一聲誇張的歡呼。彷彿她應該表現一點失望才夠真實；她紊亂了秩序，所以一步踏空，因而她的誠摯和適度的抑制也被沾污了。總之，一切變得索然無味起來。

倒是她姐夫挽回了一點頹勢，他茫然地微微張開嘴，臉上不是失望、不是喜悅，是尷尬的麻木。

可凡因而覺得必須向他道賀：

「恭喜哦！」

這人倒沒有忘記回一聲謝。而可凡卻對自己不滿起來。為了避免這句虛偽的客套沾污他的周邊；為了制止心中的憎厭進一步惡化，他起身到白敏那裡去。

白敏聽見腳步聲立刻張開眼。

「還是沒有動靜呢。」

她攤開手腳仰臥著，很舒服的姿勢。眼睛向他望過來，投射著寬容的柔光：安詳、寧靜。無盡的關愛，把他庇護著。

心裡流動著溫柔，他在旁邊的空床坐下來。

「也不曉得怎麼回事，陣痛就是不來，」她嘆著氣說；也不焦急，那一聲嘆息只是委婉地暗示她的耐心。

「醫生怎麼說？」

「他說再等等罷，再不來就打催生針。」

帶來的東西都整理出來了；隨時該用的，也整齊地一樣一樣擺在小櫃上。這些工作想必都是他在休息室睡著之後，白敏一個人摸摸索索做妥貼的。他渴望知道她單獨一個人時想些什麼。她經過什麼過程到達了這圓融熨貼的境界？

不知幾時，她把頭髮束向了腦後，露出兩隻小耳朵，有一種乾淨、順心的風味。

「還記不記得生小亞你也沒有陣痛？」

白敏望著天花板，回憶著：

「可不是，後來吃了催生藥，說痛就痛了。」

他向她擱在床沿，顯得細弱無助的手伸出他自己的手，輕輕加以握住。手是細巧的，掌心近手指有薄薄的一層繭。她立刻把眼睛看向遠處不著邊際的地方。

「勞駕，把屜子裡的手帕遞給我好不好？」她說，趁勢縮回手。

他起身替她拿來她要的手帕，見她也只是握著。她很快找到話題來說：

「這家醫院聽說蠻貴的，不開刀也要好幾萬，所以我說哦，小傢伙生下來情況正常，能早出院就出院算了！」

他粗聲粗氣回答著：

「這會子擔這個心幹嘛？安心待產罷。」

這也消解不了他的懊惱，他更粗魯地提到父親的病。

「爸爸的情況很糟，這我倒早有了心理準備。我擔心的是媽媽。那是折磨，日日夜夜的折磨。」

白敏忽然閉緊了嘴，乾淨順心的神態頓時蓋上了黑鐵蓋子似的，你猜不透那蓋著的是什麼；不過，可凡在意的是他終於對白敏縮手的舉動作了報復。因此在他說下面對這句話時，他是在說他真正的感覺：

「我不知道該怎麼辦，我真不知道。」

白敏臉上出現近於凶狠的表情，這就表示她準備要吵架。她向他擺過頭來，卻不看他：

「拜託，我們現在不談這個好不好？」

可凡說：

「好，不談，不談，我是不該談。」

他要她睡一覺，養足精神。起身離開熱悶有異味的房間。

在他握住她手的那一刻，他的思想一度奔馳得好遠；很「肉感」的思想。那時，他順應著他思緒的起伏，想說的一句話是：

「還記不記得我們的第一次？」

而白敏的縮手，表示她知道他思想的每一根脈絡而暗示了她的責難；可凡要報復的，則是她的吝嗇——不願縱容他的吝嗇。

經過了那麼多日子的重疊，第一次的記憶仍然突出一切之上。譬如那帶點奶味的被子；譬如釘子釘住了似的白敏。就在那時，他認識了她奇特的表情：一種怔怔的不能動彈的表情。

等他再度醒來，已是凌晨，他去病房，床上不見了白敏。他去問值班護士。那冷漠的護士告訴他白敏「還躺著，醫生替她打了催生針。」

他貼著產房的木門傾聽，可是裡面如一口深黑的古井，什麼也浮升不上來。他擋住一位推門出來的胖護士問白敏。

「二十五床的哦？那個生第二胎的哦？快了，快了，在痛了！」

牆的那邊依舊是深海一般的沉寂；牆的這邊，可凡闊步在光禿禿就他一個人的走廊，被哄抬著向一叢無聲的喧嘩熱鬧推擠進去——是一種刺激，競賽即將得勝的刺激。

砰然一聲，一個護士暴力推門而出，半跑著奔向護士辦公室，荒誕地、全然無視得意的可凡的存在；而另一個矮胖的護士，約好了似地，分秒不差，在同一刻衝進了產房，——這樣一幅畫，都為了配合可凡龐大的好心情，充滿了滑稽的動感。

又靜默了許久，有雜亂的說話聲、動作聲傳出來。驀然間，一聲嘹亮的嬰兒啼哭劃破了陰暗的走道，以它純稚的跋扈，排開了一切，與可凡直接相連。產房越發雜亂。

可凡凝神分辨她們說話的內容，竟然一句也捕捉不住。這是當然，因為此時舉世獨存的，只有連繫著可凡與嬰兒的那根線，——它向可凡輸送著源源不絕的甜美。

裡面起了一陣響亮的轟笑，終於把其他意義送進了可凡的意識世界。嘰嘰喳喳的一個脆嫩的嗓門這樣說起來：

「看他小雞雞，小便了！一生出來就小便，好好玩吶！」

接著裡面就靜了下來；而這時的寂靜是大為不同的：是溫暖、忙碌、有秩序而充實的寂靜。

天色大亮。他動身去母親家。

這一晚他整個忘了父親的病。不錯，在白敏床邊，他曾經惡意利用父親的病作為報復的手段；從那之後，父親生病這件事便被遺忘。如今回到鐵錚錚的現實，他發覺他跟白敏同在無情的這一邊，跟父親毫無關連。痛苦折磨截然歸屬於父親，歡樂和溫暖則偎向他們。他清楚看見父親是在什麼一種掙扎中，但是他完全、完全進不去。

出來開門的母親灰白而蒼老。使得可凡傷痛的是母親那一雙游走不定、一沾就跳開的眼睛，彷彿一固定便會深入，而深入的後果是加強她的驚懼。

「生了沒有？生了沒有？」

母親一迭連聲地問。可凡延續著他的得意，以功臣的姿態說：

「生了，男孩！」

母親全身一鬆，驚恐散盡，狂喜爆發在她臉上——母親是這樣被主宰著：

「生了就好，生了就好！男孩？謝天謝地！⋯⋯還沒有吃早點吶？去，我替你煮個蛋去⋯⋯白敏呢，白敏吃了沒有？可憐，沒有給她煮碗紅糖蛋⋯⋯」

母親停聲，指指父親房門：

「你去告訴他去……」

不知為什麼，母親最近提到父親，總是用「他」來代替「你爸」，好像父親得罪了她，她還在生他的氣。從父親陰暗的房裡傳出一聲沉重的嘆息。這一聲嘆息在引起他們的注意，其用意遠超過它代表的痛苦——他們倆不由得同時這樣去想，像是在逃避責任似的。

可凡走進暗沉沉的房間。為了方便父親不時如廁的需要，房裡放了一個便器。可凡由此知道，烈性藥物經過轉化以後的氣味，竟是這樣特異。

可凡閉住呼吸，進入房間之後，慢慢透過氣來。父親面向外，閃灼灼發亮的，是眼珠反射著外來的亮光：父親瞪著眼睛。

「白敏生了沒有？」父親節制地說；中氣的充足嚇了可凡一跳。

「生了，是男孩。」

「男孩也好，」父親說；炯炯的雙眸一直盯著可凡。是那貶抑的、挫人鋒頭的眼光：父親典型的注視。

「母子都好罷？」父親見可凡不作聲，又說。

「還好。我還沒有看見他們。聽說生了，我就趕回來。」

父親皺著眉，痛楚地挪動了一下身子。光頭上的絨線帽子滑落在枕上。自從臥病以後，父親就戴了這頂帽子。可凡過去替父親把帽子戴好，趁機出來。父親在後面叫住他，用完全不同的聲音，顫抖著說：

「兒子啊，我還想多活兩年！」

可凡陡然煞住腳，面向外，含淚大聲回答著：

「你會的，你會的！只要有恆心按時吃藥，只要，只要誠心！」

可凡許久沒有採取行動通報白敏家裡。起初，還可以歸於忙昏了頭的疏忽；到後來，就變成刻意的拖延，惡意的，——他心裡比誰都清楚。他終於不得不打電話去白敏家。

正如他害怕的，岳母刮耳的巨聲衝出話筒。

「生了？白敏生了？你為什麼都不來接我去醫院呢？我一早就在擱裡等。本來要你爸爸送我去，你爸爸說你一定會來接的。左等呀不來，右等呀不來，等了一個上午——我一個寧在家等了一個上午，就是不見到你來寧。我想怎麼搞的呀……」

可凡冷冷地說：

「我很忙，我一個人分不開身。其實也用不著媽媽去照顧的……」

「我要去的呀，女兒生小孩，媽媽當然要去呀……好罷，等她爸爸回來再說……」

他掛上電話；為他突然冒上心頭的莫名憤怒苦惱異常。即使一刻兒之後氣憤平息了，苦惱依然緊纏著他。

黃昏時分，岳父母帶了幾罐奶粉到醫院來。因為有白敏作緩衝，緊張潛藏在暗中。白敏母親自告奮勇要留下來陪女兒過夜，理由充分：「沒有寧在擱裡陪不行的！」但是她的眼睛洩露了她犯罪的意圖：那就是希望能不留下來。她看著可凡說：

「可凡不能留下來的，他明天要上班，不行的，他明天要上班！」

可凡不答。她眼中暴露她罪行的希望之光黯淡下去；終於她豁開了說：

「還是我在擱裡罷。」

於是她臉上一片光明快活。

可凡不去承接她的目光，因為那時他想到了自己的鄙惡；被那情緒所控制，他隔離了溫柔和感性。他是冷酷的。

母親每天燉好一鍋補品，趁熱叫可凡送到醫院。這天是一鍋豬肚燉紅棗。可凡捧著鍋走進病房，只見白敏站在床前，一頭熱汗，手裡一條毛巾，伸向後面抹著頸背。她媽媽在一旁笑容滿面地左顧右盼，是那樣一種急於讓人知道的歡暢滿意。可凡把小鍋放在床邊小櫃；櫃上已經先有了一個類似的鍋子。白敏媽媽探首過來，評頭論足地：

「這是什麼東西呀？」

可凡說是豬肚。

她似乎就等他這句話；大聲搶著說：

「不行的！她剛才起過！起得飽飽的！豬肚子？太補了！醫生說她現在還不能起太補的！」

她佔盡了優勢；高高在上，發射著勝利的歡樂。

「你看，我燉了一鍋雞湯，清清的，一顆油星也沒有，好得很！」

一種至親被冷落、被欺侮的痛楚，要可凡反擊過去。他冰冷地說：

「為什麼不能吃？豬肚也不膩！燉得熱熱的，才起鍋，現在吃正好，冷了就不好吃了！」

她搖著手，忙不迭地：

「不行，才起過，飽飽的！不能再起了！」

可凡瞬間沉默下來，冷冰冰垂下雙眼。白敏陷在夾縫裡，什麼也不說，臉上佈滿著她特有的頑強和抵抗的表情，全力備戰著。

這兇惡的冷淡對白敏媽媽是突然的一擊，她驚疑不定地看著他，商量地說：

「等哈再起，等哈她就可以起了！」

他不作聲，一轉身出房，一逕走去接待室。

他坐在沙發上仰臉瞪望著電視。他確實殺了她的威風，殺得片甲不留。然而一點憐憫、一點自責，混合成極不舒服的感覺，刺著他的心。

腳步聲從走廊響進了接待室。從遠處向他接近的那眼光，他知道是誰走進來。這是一對迷失在叢林裡，惶急地尋找出路；而由於絕望，變得驚恐莫名的眼睛。她離他一步遠站定，仍是那樣望著他。

可凡的心像一塊白幕，映出她臉上細部的表情，從而瞭解到她內心去，然而這也沒能幫助他去跟她妥協，因此那求解的眼睛便一直這樣望著他：滲進了一點懇求，表示她要開口說話。

「你在看電視呀！」她說，忽然異常安慰地——他不過是在看電視，如此而已。那一雙眼一下子獲得高度滿足；她開始解釋：

「我是說她剛剛起過了雞湯，生孩子的寧一口氣起太多呀不好，讓她休息一哈，把豬肚子溫在保溫箱，等哈還是滾燙的，還是很好的……」

彷彿犯了錯，來懇求他的諒解。他從電視收回視線，置放在她臉上，冷淡如冰，把他妥協的原意驟然一變而成進一步的打擊。

他把手一擺，說：

「我在看電視，讓我看完電視！」

她愣在那裡；為了壯大聲勢，一直揮舞比劃著的兩手，這時左右交握著，很乏味無聊的姿勢；有一種撒手放棄卻又不是灰心的表情，嘴角凝著一絲尷尬的笑。她轉身慢慢走出去。

可凡繼續憤怒地盯著電視，而心中驚恐。這是來自遙遠的童稚期的驚恐，雖然只是懼怕受到父母、或一切在上者的責罰，卻是原始而龐大的恐懼。

因此他迫切期待回去上班。

可凡恢復上班那天，桌上堆積的信件中，沒有他的私人來函。這件事赤裸裸地揭穿了他的失望。他失望到灰心的程度，只印證了一點：他渴盼上班的真正原因是他能收到信，——劉雅文的信。

是這樣直接而毫無隱匿的了，他抓起電話撥給劉雅文。

只響了一聲，電話就被接了起來，卻傳來死一般的沉寂。可凡知道那邊是她。

「我，可凡。」

半晌，才輕輕噓了一口氣。對著他耳膜，那一口氣像一塊絨毛在拂動。而彷彿由於這輕輕的一口氣，她便失去了控制，喘息越來越急迫。

「是我，可凡。」他說。

「我知道，我知道。」傳來她壓低了的聲音：細弱、緊張又恐懼。

「你不方便聽我的電話？」

「哦，不，我一個人在家。」她大大喘了一口氣，把聲音放大了，自我壯膽似的。

「我給你寫了好幾封、好幾封信。」

「我知道，我知道。」

「我沒有收到你的信。」

她的喘息抖動起來，連帶話聲也顫抖著：

「我不知道該怎麼辦……我不知道……」

可凡沉默著。以前一種感覺剎那間回到他心中：一切是不可能的。他對她的所作所為都源於潛在的惡意；對她的侵犯等於暴徒對她施暴。

而她這時倒像解脫了恐懼的束縛，話多了起來：

「是的，我不知道該怎麼辦。這跟你有家室沒有關係。哪怕你現在單身，我還是不知道該怎麼辦，我還是……」她又大大喘口氣：「還是害怕。我好苦惱。」

可凡羞愧得紅了臉——因為她直接說及了他覺得可卑的事實。他想起了這幾天他自己的煩惱，嘆了一口氣。

「生活的確苦惱，不光是這……這種情感，還有別的。很幼稚、很荒唐、很無聊、很、很惡毒的；但是苦惱的確在那裡。我跟你一樣不知道該怎麼辦。」

「有時我整個上午坐著，不看書、不聽音樂，什麼都不做，只是煩惱。我想起無病呻吟這句話，是真的。也許我有了工作就會好些了。——也許罷？」

「我有工作，我還是一樣。可是或者我們可以試試躲開它罷？」

她迅速反問：

「怎麼躲？過了今天不要明天？」

像是一下子全面放棄，她一任自己投入這樣一種直接的情感，——一種深情。可凡不能自己，一遍又一遍，不知道自己在說什麼：

「給我寫信，給我寫信，一封，短短的一封，那怕幾個字……給我信……」

低低輕語從那面飄飄傳來：

「寫信，啊，寫信……也許我錯了，我不該寫信……」

第二天，她寫來一封限時信。赤裸裸，不顧一切的一封信。

……根本煩惱在於對你的迷惑。我想單獨從我這一面來解釋你，徒然。什麼樣的組合哦，——你：年老了，還年輕；世故深的，盲目衝動的；超逸的，世俗的；敏銳的，遲鈍的；積極的，懶散的……集中起來，你是一個停頓的大雜燴。

可是，可是，你不信而嘲諷的眼睛，啊，你！我想你，我想你，我想你……

每一個字都燃著火燄。執著信紙的手指劇烈抖動著，像是小學生接受懲罰的手。是喜？是悲？——是不能承受的一團迷亂。他是狂風中立不住腳的小雞，羽毛翻飛，露出一身血紫的肌膚：是這樣一種令人驚恐的尷尬」

可凡立刻的企圖是要把這混亂的表面撫平，把它按捺，把它拖延。助力得自於白敏：她吵著要出院了。而因為有她媽媽的參加，出院那麼簡單的事情，也演變得那麼龐大、那麼不順遂、那麼吵雜。

他藉此作為堂皇的題材，寫信給劉雅文。他陷入不可自拔的絕對坦白。他責備自己面對岳母竟然沒有女婿的情感；他居然像挑剔敵人一般挑剔一位老人家，足以證明他的邪惡。信寄出以後，極奇異的，整件事變得基礎非常穩固似的，慢慢釋出一股靜靜的喜悅。

她飛來一封限時信。

不眠夜。但是即使深思之後，我也不後悔寫了那封信。我從不後悔。莫怪我媽說我是個會拼命的丫頭。夜半，屋簷上是兇猛的雨聲，我跪下來禱告。我想到你的眼睛，那麼真切，就是把手指擱在火上炙烤，其痛楚也沒有這樣真切。

聽了一夜的拉哈曼尼諾夫。那一串弦音是熱情的顫慄嗎？還是對熱情的恐懼？還是，還是，超越了我的知識的一種更巨大、無從定位的原始恐慌？啊，祈禱有什麼用！我想你，我想你，我想你……

一個字都不提他的自責；彷彿在瘋狂奔馳途中，她那裡看得見路邊小景。

可凡吃驚而好奇地注視著狂奔的她，終於發覺，他的坦白對她是另外一個圈套，而他從一開頭，心裡就清清楚楚地曉得這一點。

她的面貌、整個的她，更加清晰，卻因為清晰的有限性，像一件穿不上身的舊衣服，她的形象反而又迅速變假，變得不可捉摸。

每一天都飛來她的信。她告訴他前一天晚上她的思想，她不眠的原因。她狂熱地聽音樂：從拉哈曼尼諾夫、普羅可費夫，到巴托克。她愛上了巴托克。她這樣寫：「巴托克，巴托克！記否他的第三號鋼琴協奏曲？第二樂章有一隻看不見的手，溫暖細緻，竊進你心裡把你所有的情感撫慰後，輕輕帶走。我聽著，流一臉的眼淚。」她告訴他：「買唱片，我不再精打細算了，卻產生新的愧疚，那就是作弄了媽媽：她弄不懂為什麼我一下子瘋子似的大買唱片。花母親的錢，心裡很不安。我在認真考慮找工作。」

可凡給她的信同樣頻繁。耽於分析和說理，每一封都是長信。他把每封信帶向一個壯闊無私的結尾，——那樣人情練達、世故通透、寬容正直，最後是無所不包。這些信是那段日子裡，他唯一的祕密的快樂泉源。

那一天，照例來信的時間，沒有來信。可凡心神不定。他每日賴以接近美德的通路，突然間可疑起來。而白敏和她母親趁機向他心的深處提醒了他的卑劣、猥瑣和罪惡——諸如此類的情感原只在他回家以後才逼近他、壓迫他的，這時一起猖獗起來，雲集在他心中，使他無從逃遁。

他寫一封充滿驚恐的信給她，「求」她繼續給他寫信。剛用限時寄出去，有他的電話。

傳來細弱抖動的聲音：

「是我，劉雅文。」

不用她說他也知道。她的顫抖從線那一頭傳到線這一頭，到他全身；他捣住話筒：

「……為什麼不給我信，為什麼不給我信？……」

她含淚說：

「告訴我怎麼辦……」

「為什麼，為什麼？你哭了，你……你哭了！」

她顫抖得語不成聲：

「……我……我想見你……告訴我，我……該怎麼辦……」

他壓低了聲音，手足無措地：

「雅文，雅文，我也想見你，我來找你，現在就來！」

她立刻說：

「不要，不要現在。」

「為什麼？」

「我不知道。不要現在！」

「什麼時候？明天？後天？」

「我……我不知道。」她沉默著。許久，再說話時，透著迷惘：「昨天我在街上看到一個好小好小的小男孩被摩托車撞死，小男孩的母親哭得昏死了過去。我想到我……我們之間的事，覺得很、很可笑。可是，我也不曉得什麼原因，突然想跟你見面……」

「我懂！你一定嚇壞了。」

「我想跟你見面……同時我覺得可恥。我這麼一個大人，書唸完了，依賴著家裡，依賴著母親，還要說什麼煩惱，而那麼小的小孩子卻早早地就死了，頭骨給壓得粉碎……我哭了一個晚上……也許，我該馬上離開母親、離開家，做一個完完全全獨立自主的人。」

她停在這裡，像是對他提出問題。

可凡瞬間的衝動是要說服她，不管那理由是什麼。

「你想得太多了。你也把死亡看得太認真了。死是每天都有的事。我父親隨時都可能離開我們，連帶著我每天也想著死亡。我不曉得一個瀕死的人的感覺，但是我知道他周圍的人的感覺。老實跟你說罷，有時是什麼感覺都沒有的。他當然會悲哀，悲哀之後，他一樣會快活，有時候，快活簡直就緊跟著悲哀，把快活襯得更生動。你有沒有這個經驗？你在糖水裡加一小撮鹽巴，糖水就會更甜。快活是糖水，悲哀就是那一撮鹽。幸好，這世界到底是公平的，每一個人，哪怕他冷得像冰，臨了他都不得不獨自去面對這最後的狂熱。」

過了好久，她才說：

「你說什麼？什麼狂熱？」

「死也是一種狂熱。」

靜默。

「可是，可是，小孩子，人家才剛開始啊！」

「你為什麼不想：就因為他是小孩，他才沒有死亡的恐懼？他可能是滿心裡高高興興就死去的。」

「你真殘忍，——你居然會這樣想，你真殘忍！」停了一會，她又說：「我打定了主意，我要離開家。」

說服她的衝動熾熱到那樣盲目的程度，全出於他自己都說不出原因的莫名的惶急。

「這我就不懂了。為什麼離開家這麼重要？家有什麼不好了？多少失去家的人想有一個家，回到母親懷裡去？你啊，人在福中不知福！」

他半開玩笑地說著。

她很快接過他的話說：

「我真正的意思是，我要做我自己的主人。我決定了什麼，我就要照著去做。」

可凡沉默下來；然後，不知怎地，語氣透著嚴肅和憂愁，他說：

「我會尊重你的意思，不會急著來找你。我會寫信給你，打電話給你，一直到你認為可以……」

她截住他的話，斷然地：

「不，我會打電話給你。」

可凡不作聲。一剎那間，那失去自由意志的感覺又籠上了他的心。

使可凡沉鬱憂傷的不只是死亡本身，而是由此衍生出來，他每天必須痛苦面對的複雜卑微的處境。除此之外，他想的一個問題是：為什麼他要說服劉雅文，而且在那樣一種驚慌絕望，失去自主的狀態？

父親一天不如一天。在藥物麻醉下，他昏睡整日，醒來就是為了如廁。而他坐完馬桶起來，佝僂著腰，雙手哆嗦著，急急地渴盼著上床，——看著父親這樣，可凡不由得汗毛直豎地聯想起涉河的動物，水淋淋精疲力盡爬上岸的一剎那。

父親開始起疑，先是對他的病：有一天，可凡默默望著睡著了的父親。不意父親長嘆一口氣，閉著眼，微弱地說：

「為什麼還吊著這口氣啊，斷了它不就一了百了了！」

他要可凡跟「老大」聯繫再去台北住院。大哥的回答明確有理：

「住院沒有問題，我隨時都可以安排的。不過，醫院的看法是，爸爸的病現在不是治療，是療養，而台北醫院……」

拖延讓父親動了疑。可凡聽見他跟母親說：

「老大啊，他是怕我去他那裡罷，我曉得的！算了，算了！」

「算了」是代表父親對病情絕望的放棄，還是他對神智開始離他而去的默認？這個問題一直到有一天可凡才發覺其龐大無奈到沒有對象可以質疑，——這真是天地不靈的一種無助。

這天，可凡在地上撿拾到一張滿是紅色字跡的紙條，字體雖然扭曲，一看便可辨出是父親的手跡。記載著幾筆帳目：可逸匯來五萬；可凡給三萬；小亞生日禮八千……。可凡最近沒有給錢父親；小亞生日要在明年初。可凡趁父親醒著的時候把紙條還給他。父親發顫的手把紙條翻動了又翻動，茫然問：

「這……這是什麼？這是誰的？」

「這不是爸爸寫的嗎？」

「我的？」父親努力回憶著，但是馬上放棄了，露出小孩一樣無邪的笑容：「我沒有寫過啊……我寫過嗎？……我，我怎麼記不得了？」

可凡把紙條收回來，捏在自己流冷汗的手心，不再追問。從徹底無助的這天起，先前橫隔在他跟他父親之間那永恆的僵硬溶化了，代之而起的是全然不同的另一個極端，由他對父親說話的語氣作為代表——變得堅定獨斷；而在他時時發出的巨大呵護聲裡，則充滿了哀傷的姑息包容。

白敏生產那一天，父親表示了強烈的生之欲望，之後他就冷漠下來；有時甚至弄不清白敏到底生了沒有。可凡為了博父親的歡心，會坐在他床前，形容娃娃的長相容貌，他只是嗯嗯應著。可凡永遠不知道父親是不是聽懂了他的話。

面對父親的混沌及他的苦難，是可凡的難題之一。另外一個難題他躲避不了的，則是在他自己家裡。

白敏終於還是把她母親找來照顧她「坐月子」。這件事是白敏出院那一天，她逼著他不得不接受的事實。那天，在她母親大呼小叫造成舉院皆知的吵雜、混亂情況下，他們大包小包地出了院。岳母一手抱著她織了一半的毛衣，一手也提了一個提袋，很盡責地牢牢提著。她好不容易上了車，卻是心神不屬，總說丟了什麼東西在醫院。到家，她又大聲呼叫起來：「袋子呢，還有一個袋子呢？等我來提上樓！」白敏半強迫著她上樓，上了一半，她到處找可凡：「可凡，可凡呢？」白敏耐著性子說：「他不就在後面？不會丟了他的，這麼大一個人！」

他們上樓進了屋，放下了娃娃，擱下了東西。可凡記得，這房屋、這個家頓時提供了一種無所事事的安定感；而白敏母親卻突然侷促起來，似乎家的感覺把她排斥了出去，讓她格格不入。

她說：「我回去一哈，晚上再來看娃娃！」

白敏說：「晚上你就在這裡睡嘛，媽！」

「噢！」她答應著。就這樣，這件事就成為可凡不得不接受的事實。

可凡記得放在屋角的她那個大包包——陪白敏住院幾天累積起來的東西——帶著老狗念舊主的落寞寡合，如何以溫情壓迫著他，要他妥協。可凡記得那天晚上，岳母來後，冷傲也回到他心裡；冷傲使他的觀察分外敏銳。她跟女兒共睡大床，他在書房打地舖。她睡在床側，離白敏天遠；十分警覺，卻假裝睡得很熟。而白敏在睡著以前是不安的，一直有護短的神情，好像怕被可凡看得太透徹，不得不以冷冷的抗拒保護她自己跟她母親。

岳母雖然不動地躺著，卻像是隨時準備一躍而起；右手臂壓著兩眼，似乎在暗忍身上什麼地方的疼痛。可凡記得她伸出床外，那雙穿黑襪子的腳——這些擠入可凡眼裡的種種細節，把他精神繃得高度緊張。

岳母比可凡更糟。她在可凡眼光的寒流之下，拼命揣摩他冷淡和不耐的裡層含意；時刻準備應聲表現她的忙碌和負責盡職。

為了四目交遇或面面相對的恐懼，他們互相躲避著；在狹隘的空間裡，躲無可躲的時候，便只有把眼睛抛向半空——一個家竟有這樣荒謬的尷尬。

可凡寫信給劉雅文，告訴她他的苦境。他得到這樣的回信：

這足見你仍是十歲小兒的胸懷。你的孩子氣真夠好笑的。你知道嗎，我現在把你不信任的眼睛看成小學童的好奇和懷疑；你的鼻子、你的嘴角幫著我來把你塑成一個永不成形的石膏像。可是，唉，上帝啊，我們不是才見一次面嗎？我簡直要把你的五官都忘了……

如果面對死亡也是熱情，你怎麼解釋愛的狂歡？

可凡真心要告訴她的，是他如何在猥瑣的泥濘中掙扎，找不到出路。劉雅文的回信卻不知怎地，讓他的苦惱更深——平添一層不可預測的複雜。是不是他誤導的結果，是他驚疑不定的憂慮。他看到這輛往前狂奔的馬車令人不安地穩定下來，卻可疑地速度絲毫未減；帶著一點深思的謹慎，讓她看去真有「拼命」的味道。

劉雅文曾經在信中告訴可凡她要去應徵一個工作。「我怕得要命，昏頭昏腦的，可是我決定去。」她在那封短信裡寫著。最近她的信趨向簡短，卻濃密尖銳，如一枚短短發亮的針；又如她迸出了一句話之後，便用她的眼睛代替了聲音，向他默默傾注著沸騰的岩漿。

那天，她打電話給可凡，快活地告訴他：

「我錄取了！我找到工作了，我好高興，好高興！」

可凡說：

「那得恭喜你了。什麼工作？」

「一家建築公司的助理企劃。」

他猶豫地：

「你不怕……不怕學非所用？」

她笑起來：

「管不了那麼多了。學非所用？我學的是什麼呢？唸歷史卻去考書記官！誰管那麼多！有這麼一個機會我該滿意了。助理企劃，不是滿富挑戰性的？」

「挑戰性？哦，不錯，她們都這樣說。」

「她們？誰？」

可凡忽然生起氣來：

「那些女孩子！動不動說這是一個挑戰！很時髦的名詞！」

她快樂的話聲沉寂下來。再說話的時候，有點怯怯的，彷彿這時她仰起了臉，很專心地探求著他的反應，全然忘記了她自己似的：

「你……你不為我高興？」

他心中大痛，輕聲叫著她的名字：

「雅文，雅文，我為你高興！我真心為你高興！」

「這就好，」她嘆口氣：「老實說，我好害怕。」

「我懂。我第一次去工作，我也怕，別說你一個女孩兒家，你……你一個小人兒……」

兩個人同時為這句「小人兒」嚇了一跳。難堪的沉默。可凡裝著很有興致地：

「待遇不錯罷？」

「什麼？」

「我說那個工作的待遇。」

她熱心起來：

「哦，是的，是的！我老實告訴你罷，我是為了待遇才心動的！你知道嗎？」她換上憧憬的口吻：「有了這筆錢，我就可以不再靠母親；我就可以搬出來，過我自己的日子……」

「做一個女強人？」

「你在說什麼啊！」她憂心地：「你今天不太對，你總好像在嘲笑人家。你不高興。」

可凡忽然之間崩潰了似的，被一種複雜的感情壓陷到黑沉沉的谷底。

她說：

「告訴我，為什麼不快活。」

一股冷黏黏的不舒服的感覺蠕動在他全身：他想起自己在這些泥濘日子裡不能辯白、無從申說的骯髒困境；於是他告訴她：

「不是不快活，是一無是處。——我這個人一無是處。我不曉得自己在這種生活裡還要陷得多深，我快要爬不出來了。」

她久久不作聲；然後她輕輕說：

「你以為我能瞭解你的心情嗎？」

「我不知道。我自己也不能瞭解自己。」

過了一會，她再說：

「我想，我們見個面罷。」

可凡忽然心跳得不能控制；頃刻之間，像囚犯面對判決；像小學生面對宣佈成績的嚴師，毫無緩衝、一無退路。矇矇矓矓地，他覺得不祥又不安。

「你啊，你到底說這句話了！」他含糊地回答。

不及辨識他的話語，她只是向前疾奔著：

「我們見個面罷，我有多少話要跟你說……我們一起來慶祝，為我的新生活慶祝……你知道一秒鐘前我心裡想的是什麼？我在想我要佈置一間綠色的小房間，或者是粉紅色，還不一定。一定要有一套小小音響……啊，快來，我要仔細跟你說……」

在她的安排下，他們約定當晚見面。

「我擔心我們會在街上錯過。你還認識我嗎？我簡直快忘記你的樣子了！」她這樣說。

這對可凡也是一個謎。他以為記住了她，牢牢固定在記憶中，可是她卻飛走了，像一隻鳥，從籠中飛走了。真奇怪，耳中明明響著她的語言，而那聲音竟不能給他任何憑藉，把她凝聚起來。

可凡在他們相遇的地方等她。入夜以後，這一帶便發揮著神奇的力量，把每一個踏進這裡的人都濡染一層祕密的歡樂。而可凡是例外。他向人叢投著惶急的凝視，尋找他等著的這個人。他既倦怠又焦慮。

到了他們約定的時間。突然，不遠處站著她，是她。突然，她整個人都回到他心中。他沒有忘記她。

由於她的出現，他補足了記憶中忽略了的部分：他記得原來她是長髮披肩的；原來她是戴著銀邊眼鏡的。現在長髮不在了，裸露了她的頸項；眼鏡不在了，裸露了她整張臉。她其實跟以前完全不同，這不同的她卻讓以前的她在心中復原了。

俏短的頭髮繞向耳後，露出蒼白的綴了兩個小耳環的小耳垂；而解除了眼鏡的詭辯，彎彎的長眉火熱地獻身給眼睛，使那一對好奇的眼睛灼亮得要燃燒。

飽滿的眼神不眨地向他傾注，一路披荊斬棘，追根究底。可凡全身起了一陣顫慄。她向他快步走來。

凝滯糾結在他心中的焦慮、憂愁以及那奇怪的沉重蒼老，驀然融化了。這變化發生在他眼睛觸及她的腳步的一剎那。他記得他們相遇那一夜，她穿一雙黑色半高跟鞋，嚴密而高亢。而此刻躍動在眼前的，是一雙鵝黃的平底鞋。於是突然之間，他從束縛解脫出來，奔向無涯無際的自由天地。無窮無盡的快樂。

她離他一步之遙立住腳，仰臉望著他。

「是你，沒錯。我以為我會認不出你了。」她低下頭喃喃地說著：「沒辦法，是註定的，是註定的！」

可凡逼問她：

「註定什麼？你說什麼？」

她抬起頭，笑得非常燦爛：

「管他呢……我跟你說罷，幾分鐘以前，我還想不起你來，真滑稽。」

可凡說：

「我也跟你說罷，幾分鐘前，我也想不起你；然後我看見你在對面，我跟自己說，這個女孩子除了她，還會是誰？儘管你變了。」

「我變了嗎？」她伸手掠了一下短髮，露出完整的小耳朵，凝神思索的樣子。她乾淨得幾乎透明。

可凡深深看著她。在她出神的瞬間，他乃敢出其不意地向她籠罩過去，以無限的溫柔；以無限的大膽。

他吸了一口氣說：

「你變了，跟以前完全不同了。」

「你是說我的頭髮？——要去工作了嘛，所以把頭髮剪短了。」

「不，你的神情。」

她微闔著眼，默不作聲。不知怎麼，她臉紅了起來，先是臉頰，漸漸連蒼白的耳根都帶上了血色。她向他靠過來。

他向周圍迅速看了一眼，伸手輕輕扶著她的肩，向後退了半步，笑著大聲說：

「怎麼，我們就在這裡耗下去嗎？你不是說我們一起去慶祝你的新生活？這樣罷，今晚我們豪華一點……」

她臉上紅潮加深，蔓延到眼眶，分不出是醉紅，還是欲淚的泣紅。跟著可凡往前走，她說：

「你對了，我跟以前不同。有一天晚上我自己發現了這一點。那天晚上我看電視，迷上了那個漂亮的女主持人。她叫什麼名字，長頭髮、瘦瘦高高的？她穿露得好低的晚禮服，氣質好高雅。」

她上了他的車，坐定以後繼續說：

「我現在告訴你我做了什麼傻事。我在我房裡換上睡衣，露出自己的肩，學那主持人的樣。我想要曉得在別人身上的高雅，在自己身上會引起心中什麼反應。我看著鏡中的自己，看著看著，忽然覺得好荒唐可笑。把身子露一半叫高雅，天下還有什麼比這更可笑更沒有理由的？憑什麼把這看做美麗的事？」

她側頭看他，眼睛睜得又大又亮。

「從這點出發，我就發覺我沒有辦法堅持一個固定的立場。我爸是個老古板，每天三餐定時，飽也那時候吃，餓也那時候吃。我問自己：為什麼，為什麼時間表那樣重要？為什麼就不能自由自在，想吃就吃，不想吃就不吃？為了實現我的念頭，我一天不下樓吃飯，嚇壞了我媽。」

向他望過來的眼神這時透出一些質疑而又詭譎的笑意。車子停在十字路的紅燈前；他因為不知怎麼作答，十分狼狽。

「我問：為什麼過年過節我們就該團聚、就該快樂？然後我問到：人為什麼快樂？而我在許多情況發現，假如從另一個方向看，人快樂的時候，往往也是可悲哀的。」

可凡說：

「你不是在追求一種反叛精神罷？」

她緊接著他的話：

「不，我沒有那麼時髦。我只是單純的懷疑。」

車子向前馳動，五顏六色的霓虹燈光，又成為流動的雜色河川：可凡那時的特別印象。他說：

「那你也應該反問自己：為什麼我要跟別的女孩子一樣，搞獨立自主？」

「我問的正好是另一句話：為什麼現在的職業女性只是單純為了謀生，精神上還在倚賴？我能跟她們不一樣嗎？」

可凡不答。過了一會說：

「你不覺得你走得太遠了？……離我好遠。」

她沒有回答他的話，繼續馳騁在她自己的思想上：

「我甚至開始懷疑我為什麼愛音樂。小提琴、鋼琴這些，怎麼會成為藝術的？它們的崇高從哪裡來？」

「你這樣追問下去，遲早你連立足的地點都沒有了！」

「是的，是的！我害怕的就是這點！」

可凡停好車，作了一個請她下車的手勢。她端坐不動，垂眼望著自己交疊的手。

「我現在還沒有問的是，」她緩緩地說：「我為什麼要禱告？我不敢問。最近我去教堂去得很勤——楊神父是個好人，他很有耐心，待我真好。」

可凡伸手過去，在她手背上輕輕拍了兩下，輕聲說：

「我們下車罷！」

她說：

「可凡。」

她第一次這樣呼叫他的名字。但是她立即顯出放棄了，不再堅持的神情，起身下車。她縮起腳，褲管往上提了提，於是露出細細、窄窄、蒼白的腳背。那一雙腳背以及它的潔白，一下子就隱入車外的黑暗中了。

可凡癡癡地忘了關車門。那是什麼樣的溫柔震動啊？是痛惜？是哀憐？還是崩潰？

他們進了門，通過一段暗暗的走道，進入電梯。可凡伸手握著她的兩肩。隔著綢緞的滑膩，她的身體向他手心送來一陣熱熱的顫抖。她立住腳，背對著他，聲音抖得要哭出來：

「我問我自己：為什麼，為什麼一個女人就不能跟結過婚的男人在一起？」

他貼著她耳根叫她：

「雅文……雅文……」

電梯門開了，一位穿高開叉大紅旗袍的小姐向他們深深一鞠躬：

「歡迎光臨！」

可凡鬆開手，強笑著：

「你看，我們又回到這裡來了。」

從她耳根連接臉頰那一小片細膩的區域，他看見剛剛謝下去的紅潮，現在又急湧上來，像一小片怒放的小小花海。他忽然想向紅旗袍女郎證明，他身邊的這個女孩是他的。

他們相遇那一晚坐的桌子坐著一對年輕人，眼對眼，用吸管吸著高杯子裡鮮黃的橙汁。他們選了另外兩個座位。一位小姐迎過來問他們要吃什麼。

可凡問：

「還是蔬菜沙拉？」

雅文點點頭。燈光下，她容顏慘澹，微微發黃，好像一張被火烤得微焦的白紙。可凡從她臉上看不出肯定的表情：是後悔還是厭惡。她像是太疲倦了，默然地退隱——退讓了。

可凡點了兩客沙拉，說：

「你上次叫我嚐嚐的。」

她勉強笑了笑，是看透世情，帶點悲哀餘味的淡笑。為了振作她的興致，他笑著說——語氣是誠懇的：

「我說你變了，是指你的外貌。你知道嗎，我印象中的你從來沒有現在的你漂亮。」

她尖銳地回答：

「如果你繼續看下去，你就會說相反的話了。」

「根據你剛才的理論？」

「那不是理論，是現實。世界上沒有一件事是經得起看、經得起想的。」

「你不覺得這思想很可怕？」

她用晶亮的眼睛掃過他的臉，低聲說：

「很可怕。誰說不是？」

「熱情呢？熱情怎麼樣？」

「你以為有這東西嗎？」她直望進他眼裡去：「我沒有試過，我怎麼知道？」

可凡移眼看著別處，為了躲開她完異的逼視。小姐送來他們點的沙拉。

「嗯，很香，看起來不錯。」他說：「請罷，我倒有點餓了。」

她收回眼光。而他執起叉子就要開始，想起了什麼，本能地瞥了她一眼；她則露出戒備的神情。他放下叉子，很拘謹地縮回手。

她閉上眼，於是渾然忘記了他的存在。從她的眉與眼之間的空隙，向臉全面展延一種深沉陶醉；嘴唇微微開合，她熱烈地禱告起來。

禱告很快就結束了。她睜開眼，就像剛剛睡了一覺，神采煥發地拈起桌上的濕巾，攤開來輕輕拭著手。

「好了，」她說：「告訴我，你為什麼不快活。」

可凡嘆口氣，用叉子撥弄著盤子裡的蔬菜：

「唉，不說也罷。」

「不，我要聽。」

可凡默然。

「我知道，你父親病得很重……」

可凡搖頭，打斷她的話：

「不為這個。父親生病，我擔心、我憂慮，那是意義多重大的事？不為這個。我說的是一些瑣事，——你本來可以一腳把它踹到路邊去的，現在不知為什麼它變成生活重心，反映著你自己，一點一滴向你說明你自己的真面目。」

「所以你就覺得一無是處啦？」

「一無是處，簡直沒有出息！」

她送了一小匙小黃瓜進嘴，雖然很謹慎地咀嚼著，仍然發出小小的脆響。

「瞭解自己，不也很好？」

可凡苦笑一聲：

「你說你懷疑，我看你理想得很。」

她沉思不答。過了一會，她說：

「我印象中的你，不是你自己說的那樣。」

「倒說說看；我想知道我在你心目中是個什麼樣的人。」

「很奇怪的一個人，」她說：「沒有稜角可以讓你抓得住的。我不瞭解你。」

她迷惘地盯著他：

「反倒是我最初的印象也許比較接近你罷。還記不記得我那封信？」

他嚴肅地回望著她說：

「我但願是你信中的那種組合。雖然無用，意境滿高。事實上不是。你曉不曉得，我的小姐，生活中有多少渣滓？有這些渣滓摻著，就沒有一樣東西是純粹的。」

她垂下眼，沉默下來；顯得格外乾淨精緻，有一種清冷孤獨的韻味。

可凡柔聲說：

「吃一點罷，你看你比上次瘦多了。」

她輕輕地：

「你在阻止我？你要我知難而退？」更輕，自言自語地：「不，我不管，我不管！」

可凡長嘆不語；她的堅決震動他的心，引起的不是溫柔和滿足，而是異樣的蒼老和無限的包容寬大。他真想跟她說：「來罷，來罷，讓我保護你，讓我保護你……」

他伸過手臂，用他的大手掌覆蓋著她的手背。她翻轉手心，緊緊握著他的手指。她的手細小柔軟，冰冷而顫抖，卻好有勁。忽然，他看見她眼眶裡盈盈的淚水，在燈下閃著光。

而他竟不能說一句話。他懷疑自己是不是不願說一句話，因為就在那一刻，他徹底明白她的孤立無助，彷彿她立在淒風苦雨的屋外，而他在明亮溫暖的室內，有一種祕密自私的幸福。

他願對她加倍憐惜，對她無微不至地關照；同時，他又感到自己與她的隔離和無涉。他跟她是純潔的。

如果這就是所謂崇高，其來也易，他不曾耗費多少氣力就得到它了。說也奇怪，當他把崇高聖潔等等意義涵蓋到他的行為上去以後，他就開始有那種全力以赴之後，酣暢滿足的精疲力盡。

確定了這一層意義及自己的角色，於是，彷彿具有了特權、受到縱容似的，他開始擴大膨脹，自由自在地向她作著無孔不入的滲入：以他專注的眼神和溫柔的言語。

她的緊張鬆弛了，出現了他從沒有見過的羞澀，可是她非常非常快樂。他把話題慢慢引入他們喜歡的音樂。她告訴他，她在讀譜。

「不得了，你居然讀起譜來了！」他真的吃了一驚。

她頑皮地研究他意外的驚嘆。

「書我讀不過你，音樂我可不能輸你，」她得意地說：「其實也沒有什麼的啦，我小時候練過琴。還有，別忘了我媽罵我的話。」

「你還做過什麼拼命的事？」

「什麼都做過，」她收起笑容，慢慢地說：「我決定了的事，就會拼命去做。」

他立刻想到的一句話是：「比如，你要搬出來自己住？」但是他用一匙澆滿酸沙拉的捲心菜塞住了自己的嘴巴，趁機換了一個話題。

剩下的時間兩個人都很快樂。可凡想起幾個商場上的笑話說給她聽，逗得她笑出聲來。她有一種很奇異的、安心舒暢的神情。

他要送她回家。她不經意地說：

「不必罷，還怕沒有機會送我回家？」

分手之前滿心輕快愉悅的可凡，在回家的路上，心頭蒙上了一層抹不掉的陰影。

不知什麼時候，莫名其妙地，他陰沉下來。是因為家裡的許多問題？或者，如他自己所說，他要被強迫著去面對自己的真面目？——不，這些都在問題的外圍，不在那核心之中。

他逐步過濾他跟雅文這晚的經過細節。一切都在他清晰的瞭解、適當的應對之下；除了她露出腳背，那刻骨銘心的一瞬之外。

還有，——還有就是最後她安心舒暢的表情；她的話：

「……還怕沒有機會送我回家？」

這才是核心問題所在。從這之後，陰影便開始在他心中堆積。

當然，家是原因，而且成為他的代罪羔羊。越近家門越不能抵抗逼人的壓力。在他登上樓的時候，他的鬱怒累積到了可憎可厭的地步。

其實，他岳母在他如寒冰的對待下，早知趣地撤退，不在這裡過夜，他是看不見她的。她在他上班以後來，下班以前一定離去。白敏絕口不提她母親。表面上，生活中沒有外來者介入。他的苦難絕然不是跟他岳母短兵相接的那一類。

他是去面對她的無處不在，——一種精靈似的透明存在，由於它不必顧忌他一早一晚的冰冷注視，這精靈經過一番自我「滅跡」，於是從不同的隱匿角落，發出它舒坦、歡欣，近於放肆的窺視。譬如，她帶來的那個暖杯，經過滅跡，被藏放在冰箱的絕頂，而他總是一眼就看見。每天下午暖杯裡都有殘茶，杯蓋掀開一半；他照例地壓抑著自己，把杯蓋蓋緊。第二天，杯蓋又以相同的姿勢半開著，就像是熟睡的人張著的嘴巴。

每隔一天，陽台上就會晾出幾件衣服：不是他的，不是小亞的，不是白敏的；不是洋裝，不是花裙，不是任何外衣。那幾件衣服帶著置身異境的機警，掩藏著它自己的特異。可凡從腳底一直恐懼到腦門。自衣服出現那天開始，他就不再在自己的浴室梳洗，換到小亞的盥洗間去。白敏立時發覺可凡的可疑、可異，她冷眼旁觀，雖然緊張，準備隨時搶救彌補，卻一句話也不說。

接著而來的，是冰箱裡開始發現了剩菜，充分代表岳母口味的剩菜。而這件事於可凡之成為可羞可恥，是他在不得不默認這也是對他胃口的菜之後，在晚餐桌上，當著白敏的面統統吃掉。他堂而皇之表現著他主動和解的寬大正直，進一步惡化了他的處境，縮小了他的自由空間。岳母攻城掠地的成績，第二天就反映出來了：冰箱裡又有相同的菜留下來，比前一天還多，足見她何其敏銳地熱切觀察這件事。

他每次把剩菜吃光，對岳母似乎是莫大鼓勵，讓她從懷疑得出肯定，——有一天晚上，他一進門，看見餐桌上一盤回鍋肉。滿滿一盤，不是剩菜，是熱氣騰騰，剛起鍋不久的新鮮菜，炒菜的人卻不見了。

他頓時覺得被追趕，被什麼令人起雞皮疙瘩的，誇張而堆砌的俗麗追逐圍剿，逼他陷入一種莫名的羞愧。他要奮力擺脫那羞愧，嘴裡卻說出這句話：

「哇，這麼一大盤回鍋肉！」

白敏不作聲。被追趕得越發慌亂，他又加了一句：

「好棒！」

她仍然不說話。那天晚上，在他一無是處的潰敗下，他像是終於軟化了，又全然不像，在被追逐的空洞無措中，他不知自己在做什麼似地吃了好多回鍋肉。而白敏為了固守她的中立；為了確保她清醒的防禦，那盤肉她碰也沒有碰。她依舊冷漠，但他知道她是如何專心留神著。

這是一盤永遠沒有吃完的回鍋肉。拉開冰箱，它就出現在眼前：豆豉的黑粒點綴著幾瓣鮮紅的辣椒，覆蓋著下層硬白的冷肥肉。

看著這冷冰冰、無聲卻代表著再也回不來的那些吵雜，於是全然不同的一種情感，一種傷逝、一種廣泛的痛惜，便取代了心中的恩恩怨怨。

然而那情感終究是關在冰箱裡的。每晚，他與陰沉憤懣的掙扎依舊猛烈，而他的挫敗使他墮落，一如赤身裸露在光天化日之下。

白敏的冷淡越來越詭異。如果是由於可凡對她母親的不敬，那冷淡應該是理直氣壯、冠冕堂皇的。不。她的冷淡極其隱密、不可捉摸，具有莫可名狀的悚慄，好像她正一寸一寸揭開一張黑幕，一寸一寸地觀看到一場原始大恐慌在上演。

她不讓可凡接近。這也是怪異的，好似突然間她變得極端生硬、羞恥和恐慌，直覺地就拒絕了他。

可凡不是真正要接近她，他只是藉由那個姿勢，求證她的恐懼是否跟他自己的恐懼一般。而證明了他的懷疑之後，便遠遠地退避。可凡的退卻又增加了白敏的恐懼。

雅文告訴他她「上任」了。先是一封信：

我像個插班的新生第一天去上課。教室裡是老生釀造的特異氣氛；他們用新奇猜測的眼睛端詳我。不錯，我跟他們是有些不一樣。大半是年輕人，有的竟然比我還年輕。男的結著領帶，女的畫著眼線。啊，上帝，你不知道這領帶和眼線造成的隔閡有多深，簡直叫人不信。我第一個迫切的願望是熟悉他們的氣氛，進入他們圈子裡去。

我馬上自問：我能嗎？可是我必須。

我熟悉的老氣氛在我心中向我招引。你立身在那中央。想到你，我就心安了。

緊接著是她的電話，大清早打來的。

「我只是要告訴你我的新電話號碼，沒別的事。」她說。

可凡問她對新環境習慣些了罷。

「啊，好些了，遲早會習慣的。」她匆匆回答著。

可凡遲疑地說：

「我覺得，我覺得……你不太有信心，你在害怕。」

「害怕？沒有的事。我自己找的工作，為什麼要害怕？」她說：「我告訴你一件事證明我不害怕：我開始找房子了。」

「找到了嗎？」

「還沒有。」她突然問他：「你是關心還是擔心？」

「是……當然是關心。」

「你看，我到底在實行我的理想了。告訴我你的看法。」

「這……我以前也說過的，」他作難地說：「女孩子家嘛……能待在家最好……你知道，這年頭人心好壞啊……」

她在那面笑了起來：

「有時候，我覺得你真的老了。摸不透的小老頭啊！」

她靜了好一會，話筒傳來不像她的聲音，急迫地：

「我想見你，立刻，現在！」

那天他們當然沒有見面，事實上是不可能的，一大早兩個人都才上班，哪能脫身？

接連有好幾天，她不來信，不來電話。

可凡仔細搜尋記憶中，他們那天電話裡說的每一句話。他記得臨了她的那一句：

「什麼時候我但願能燒掉、全部燒掉這些圈圈，這些分隔！你其實說對了，我對我的工作既恨又怕！不過我會堅持下去的，我會挺下去！」

這句話不能視作她賭氣的前兆。她定然有她沉默的理由。於是，可凡的苦惱變成：要不要把這理由找出來？要不要寫信給她？打電話給她？

什麼時候給她寫信、打電話成為難題了？

來紓解他的壓力的，是他父親的病。父親的脹痛配合著強烈的氣味，以他的床為中心四向延伸，逐漸侵佔著全屋，把母親追逼得像是整個人都縮小了。可凡回家只能默默跟母親相對而坐，甚至說不出一句簡單的安慰；而只要有任何安慰的念頭，莫名的惱怒便會暴升上來加以打斷。

竟是這日壞一日的病況，化解了來自雅文的壓力。

然而，她出其不意地又逼現到他眼前來。——一個下著暴雨的下午，秘書告訴他有電話。他執起話筒，她的聲音從話筒衝了出來。

「今天上午我去了你家。」是她短促的第一句話。可凡不懂。

「你，什麼？」

「我去了你家。」她一個字一個字堅定地說。
「去我家？我……我不懂。為什麼？」
「看你太太。」
「看我太太？白敏？」
他懂了。他沉著、柔和地：
「你有特別的理由要去找她？你有話要跟她說？」
本來活躍在他心中的，是一股輕鬆取笑的衝動，最後出之以溫柔沉著，是因為在聽懂她話的一剎那，他迅速檢討他跟她的關係，結論是：他們絕對是純潔的。
而隨之他鮮明想到，他這自保的本能，居心何其可卑。
「沒有。」她斬釘截鐵地。
「那，你為什麼？……何苦呢？」
她呼吸急促地打斷他的話：
「我當然有我的理由，跟你無關的……我要見你，現在！能不能出來一下？一分鐘，一分鐘就好！」
「可是下這麼大雨……」
窗外果然是如注的暴雨，比先前越發狂猛。

「如果你怕雨，你就不來好了，我一定會在那裡，你知道那地方。」

說到最後一個字，她的嗓子尖銳帶出哭音，隨即就掛斷了。

他愣了一會，收拾起桌上的檔案，交代助手幾句話，然後請了假出來。雨嘩嘩地自天灌注而下，遍地濁黃的洪水。好不容易攔住一輛計程車——那天他的車子進廠保養——，跳上去身上已是半濕。隔著車窗，外面是迷濛一片，雨刷瘋狂擺動也撥不開前仆後繼的傾注。

「這雨下得瘋了，再下就要鬧水災了！」司機喃喃地說著。

可凡只是茫然望向窗外。湧集心頭的是他熟悉的恐慌，世界末日來臨似的；還有就是痛惜和憐愛，——他據以痛責自己沒有出息的理由之一。

他跳下車，看見騎樓盡頭站著她。他半跑著迎向前，不知為什麼，心裡充滿著那麼深的絕望。

她的頭髮全溼了，貼在頭上，赤裸的頸脖白而纖細。一陣寒慄像一道電流直通進他靈魂的深處。

衣服也濕了，她站在風中發抖；抖動得最劇烈的是她薄薄的、發紫的嘴唇。眼睛一眨不眨地盯著向她奔來的可凡。

「我只有幾句話，不會耽擱你太多時間。」她馬上說。仰起臉，灼亮的眼睛只是望著他。

「不急，不急，你啊，你看你非要把你自己弄病了才甘心是不？」他輕聲責備她。

眼眶忽然閃著淚光，但是她咬了咬嘴唇，淚水神奇地消失在她堅定的目光之內。可凡覺得那目光有點悲哀，雖然他明明是因為敵不過它的灼熱和固執才避開的。

「我一句話都沒跟你太太說。」她一直專制地用她無所不包的眼睛籠罩著他。

「先不忙告訴我罷，我們找個清靜乾燥的地方喝杯熱咖啡罷？」

她不理他，奇亮的黑眼珠不離開他的臉。

「我只是想認識她，知道她的樣子。……她一定以為我是瘋子……」她嘴角歪一歪——是一個笑容，非常陌生，完全不屬於她的，幾乎要從她嘴角或什麼地方跳下來。這使他憂慮而擔心。

「然後我就想見你，要當面告訴你一件事。」她沉思著，半晌不說話；老大一會，她臉上特別光彩，可凡覺得她簡直快活起來了：「是的，我要告訴你一件事，我找到房子了，過兩天就搬進去，你來不來看我？」

可凡笨笨拙拙地回答：

「我當然會來幫忙的。」

「不要你幫忙搬家，」她說：「你來不來看我？」

他低聲說：

「雅文，雅文……你這是何苦，何苦？……」

她挺得筆直，越發堅定地望著他：

「只要一句話，來還是不來？」

他嘆口氣：

「會的，我當然會的！」

她別過臉望著騎樓外傾盆大雨。街心的積水匯成一股激流，瘋狂地奔向排水溝入口。她出神看了一會，臉上漸漸蒙上一層夢幻；閃爍在她眼裡的火焰熄滅了，非常溫柔而潤溼。

她緩緩地說：

「好了，我的話都說了，你走罷！」

「我怎麼能讓你就這樣走？雅文，雅文，你今天有點不對……你叫我好難過，好難過……你是不是還有……還有什麼話要說？」

她搖搖頭：

「我好好兒的。走罷，我會給你信。」

她轉身面朝外。一直到這時候，他才看清她身上的衣服：深紫色洋裝，腰間鬆軟地束著一條紫色綢帶。在她轉身的時候，被雨打濕的衣服下擺緊緊牽住挪動的腿。那纖瘦的足踝，白淨得可憐的小腿，全部赤裸裸地毫無遮掩。

他心頭一陣絞痛，待要叫住她，她卻已經上了一輛計程車，馳入烈雨中去了。

可凡在騎樓下來回走動不能自制。被雅文牽動的所有溫柔，彷彿都跟她的白淨和纖巧相連，卻又彷彿全然不是，因為她的堅定那樣不可撼，容不下反抗：可凡的反抗，她快意地一掃而去；她自己的反抗她憤怒地連根拔起；——她說走就走了。

她頭也不回地就走了——就是這急煞車的斷然乾淨，這時對可凡做了強力的導正、一番整理，讓他感受到來自她那裡寒意森森的慷慨，強迫著給予他雄辯的理論基礎似的。

可凡在回家的路上，其實心裡慢慢婉轉萌生了一股力量，讓他備妥了一顆開闊的心來面對白敏；然而破壞這開闊的，也是他自己。

門一開啟，他就不能自拔地，無盡無休地端詳白敏的臉色。他進門、更衣、洗臉，坐下來準備吃晚飯。他的一雙眼像狗狗一般跟隨著白敏。她憑著本能，解析出他眼睛的跟隨不是出於譏諷和敵意，她矜持地謹言慎行起來，有點孤芳自賞那樣。他直覺這是她在濫用他的讓步——但是此時此刻，他焉能有一言半語暗示到那個方向去？

她進一步的濫用，是她刻意表示她是萬不得已才跟他說話，不情願地：

「這個不要了罷，倒了它罷。」

她是指她手裡端著的那盤回鍋肉。岳母老早從這裡絕了跡，這盤剩菜仍在，這淒涼的含意，作為女兒的白敏，能體會不到嗎？

「不，不，好好兒的，幹嘛倒掉？我要吃！」

他感到淒涼又溫暖，為了「好好兒的」幾個字——他自己說的，卻像出自另一個人的口。

「那我把它熱一熱。」

「好啊，」他說：「小亞不回來吃飯？」

「在奶奶家。奶奶大概做了什麼他喜歡的菜罷。」

「娃娃今天怎樣，乖不乖？」

「不好好吃奶，下午鬧了好幾次，我怕會不會著涼了。」

白敏把熱滾了的回鍋肉端來放在可凡前面。他大動作地擎碗舉箸，胃口奇佳。

相反地，白敏毫無胃口；她顯出收緊權力和嚴格要求的樣子。通常這是在可凡退讓或心情寬大的時候她立刻進逼的表示。

「早上我去買了兩包紙尿片，一包四百多，一下子就去掉一千多。我想娃娃還小，整天包著布尿片，屁屁會長疹子。我又買了兩個奶瓶，替換著用，省得一會兒忙著沖奶，一會兒洗奶瓶……」

她絮絮說著。

「這些必要的東西，買了就好，何必報帳呢？」

「你是一家之主呀，花了錢總要讓你知道！」她犀利地回答他。

他低頭吃飯。接著他就感受到有嚴肅的沉默從她那個方向逼來。他從眼梢覷見她微蹙著眉，惱怒地欲言又止。她到底還是開了口：

「今天早上……」

他停止了所有動作，全神傾聽著。

「……外公外婆來看娃娃，送了一套衣服、一雙鞋……他們都趁你不在才敢上我們家……你，你什麼時候也該跟我爸爸媽媽說兩句中聽的話罷？」

他抬頭看著她：

「就是這件事？」

「還有什麼比這更重要？」她反問。

他像水洗過一般清澈乾淨。忽然之間，他被自己的誠懇感動：

「我怎麼不知道！我也不是沒有心肝的人。」

她站起身說：

「知道就好！」

話仍是賭氣的話，而眉結已經解開，額頭透出一小塊光明。她進去端了一盤西瓜出來。

「下午這一場雨啊，」她輕快地說：「嚇死人了！」

「家裡沒怎麼樣罷？」他拈起一塊西瓜，邊吃邊說。

「怎麼沒有？你看看天花板，屋角又滲水了。我看我們這房子也該花花錢了。」
「該花的就得花罷。」
「我還想裝扇鐵門。」
他說：
「嗯，這西瓜很甜，多少錢一斤？」
「十五塊，那老歐巴桑的……我說啊，鐵門真應該裝一個。就拿今天上午來說，有人敲門，我開了門，一個不認識的女人站在門口，不認識的……萬一是個男人，小偷還是什麼的，沒有鐵門擋著，不是說進來就進來了？」
「什麼人？女人？」
「女人……敲開了門也不說話，我問她找誰？她也不回答我，」她在他對面坐下來：「很怪的一個女人。」
「為什麼怪？」他忙著用筷子剔掉西瓜子，心不在焉地。
「不說話，只盯住我看。我記得她的眼睛，是了，怪就怪在她眼睛，好像在跟你說話，看得人心裡發麻……模樣兒不錯，……嗯，還長得真不錯，不是壞女人，可是很危險，給人很危險的感覺……我頂怕這一型的女人。」
「她找誰呢？」他冷冷地問。

「誰曉得？不說話。——只說了一句：對不起，我找錯了。怪了，是不是找錯地方，一眼就看清了，幹嘛看人看半天？所以我說啊，鐵門不能不裝！」

他等她說完話，起身到客廳去。一直壓迫著他，要他對白敏諂媚、討好的潛在衝動，頓時消失得無影無蹤；而他沒有因而獲得解脫，他是莫可名狀地消沉沮喪。

好像你心中原有一個神奇的祕密，你因為擁有它，自覺與眾不同，你顧盼自得。一轉眼，這祕密被一指戳穿，不再是祕密了，平凡無趣的白紙一張而已。你從光明的高處一下子墜進黑暗的深谷。

白敏清理了廚房也來客廳坐在他旁邊。

「小亞今晚睡在奶奶家。」她說；然後又——「娃娃今晚可睡得早，睡得怪甜的。」

他默默不作聲。那晚，白敏處處給他暗示，他總離得遠遠的。厭倦和畏懼組合成一股逃遁的欲望，格殺了他跟白敏接近的可能。

第二天，他桌上擺著雅文的限時信。一封長信。

……我當然還有話要跟你說，當然，當然！可是為什麼我竟不能暢暢快快一口氣告訴你？有那麼多的限制，那麼多的顧忌！所以我說我要一把火燒掉它們！我要當面告訴你的，不是找到房子那句話，那是我臨時胡謅出來的。我要告訴你，我見了你太太以後的結果。

你可知道，你可知道，差　點我們今後就不會再見面。而不管見與不見，恕我說一句實話，都該你太太負責。

一直到我見她面之前，我是單純的好奇，好奇心的強烈克服了我的恐懼。除了好奇，沒有別的。前天晚上，那時是半夜兩點罷，我望著窗外月亮，跟自己說：假設我竟連這個跟你每天生活在一起的人是什麼樣子都不知道，我遲早會死掉。想到這裡就焦急起來，一分鐘也睡不著。我一整夜沒睡。可凡，我最近可嚐到睡眠的滋味了。據說，細嚼慢嚥才能知食物的真味。我們所謂健康的睡眠是一夜到天明，——囫圇吞棗。而最近，我一寸一寸咀嚼著睡眠，嚐出它真實的滋味來了。

於是昨天上午我看見了你叫她白敏的女人。她推門出現，使我悲哀而痛苦。讓我直截了當告訴你——你芝蘭之室的人——，白敏的美使我悲哀痛苦。你知否在我看見她的一剎那，我便不再是單純的好奇了。我集中全力，在短促的兩三分鐘裡，——只有兩三分鐘罷——尋找足以解除我痛苦的缺陷。我不能。我必須走，離開你家。被趕出了你的家門似的。更哀痛，因為加上了不滿足——填不滿的虛空。

白敏紅潤；她一點都不集中、不堅固，她鬆散在周遭，填滿著你屋裡每一個角落。一個標準熟透了的婚後女人。我不曉得你怎麼能擺脫她的無所不在。

在潰敗的路上，回想起昨夜一個模糊的衝動，現在突然清晰起來，進而成為我堅定的決心：如果白敏果真是醜陋、庸俗、消極的，我將從此不與你再見，我甘心退讓，我內心會十分平靜，毫無掙扎。如果她漂亮、高潔、進取而獨霸，——對不起，這就是我跟她的長期戰爭，我絕不退縮，我要戰鬥到你親口跟我說：劉雅文，你敗了，你走開罷。

這就是我想親口告訴你而沒有說出口的話，——我因此輸了第一著棋。我坦白承認罷，我當時害怕，仍在猶豫；現在我不再害怕，絕不猶豫。

離開你之後，我冒雨去見楊神父。老人見了我很吃驚，一直問：你發生了什麼事，發生了什麼事？想必因為大雨，又在不該見到我的時候見到了狼狽的我罷。我安慰了老人，然後就請他為我講解馬太福音十九章，一遍完了又一遍。老人以為他今天口齒不清，沒有把英文句子解釋明白，但是我問他：eternal life 是什麼？如果只是時間和意識的延長，我不要它！我問他：為什麼有了 adultery 就不能進入 eternal life？什麼是真正的 adultery？可憐的老人還來不及回答我呢，就被不懂禮貌的我又問了回去，我說：試想：如果那是發自無限巨大的熱情，哪怕他們相互擁有只有一瞬，這就是永恆，與世俗的永生何關？因為永恆如果不能跟個人感覺相連接，是強迫性的說教，是沒有意義的。老人聽著我的陳腔濫調，憂慮地看著我說：孩子，孩子，你今天怎麼的了？……奇怪啊，他怎麼跟你語氣一般？你說：雅文你今天有點不對……我真的不對嗎？……老人說：是不是永生，不能在當時憑感官作瞬間的斷定，你要等待。於是我跟老人說，這永生沒有形式，沒有意義，我不要這永生。老人家在那時就用他粗大溫暖的手掌按上了我的頭，閉上眼開始禱告……

我開始頭昏……在我寫信的這一段時間，拉哈曼尼諾夫總在我腦中若隱若現。他的第二號交響曲第一樂章：單簧管若即若離地攙扶出大提琴的低迴。你啊，單簧管的你！我知道我為什麼要喜歡拉哈曼尼諾夫了！

P.S. 我週二搬家。

可凡看完了再看，遲遲不願放下來。——怠惰已經形成：不立即去確定結論，或把模糊的感覺定形。從雅文對白敏率直的讚美，蜿蜒流出一股探索的趣味。他深入地回憶著白敏的每一部分。而這探尋給他的怠惰加上了冠冕堂皇的理由。

他根據雅文的觀點來重新評價白敏，但是從正面他立刻看到了反面。「世界上沒有一件事是經得起想、經得起看的」，說這句話的雅文，也被騙了。

這真是一個隔閡得可怕的世界。

可凡告訴雅文他要去幫她搬家，但他終於沒能去成；就在那幾天，他父親住進了醫院。

三

父親住院是臨時權宜的決定。起因於越來越困難的排泄問題。那天父親忽然不能再忍受了。母親電話召可凡回家。

「你去看看他要怎樣，」在門口等可凡回來的母親，疲倦又冷漠，被拋棄了似的：「他要你回來。」

他走進暗黑、氣味強烈的房間。父親側身向外，蓋著厚重的被子，高高隆起來。他睡著了，或是假裝睡著了。

他叫了一聲：「爸爸！」

父親被驚醒，又顯出老早準備好的樣子。仍然是可疑的局面。可凡說：

「爸爸有事找我？」

父親咳了一聲：

「這個大便問題呀，總是解不出來！我想去醫院灌腸，把它通掉！」

可凡不響。父親精神一振說：

「就是這個問題！這個通暢了，什麼都好了！」

可凡臉無表情，卻必須說話：

「好，我這就去醫院掛號。」

門診不能灌腸，必須住院，於是就地住院成為逼人的現實。他回來把情形告訴父親——他正坐在馬桶上。他一面出力掙扎，一面考慮著。他噓了一口氣：

「明天再看罷！」

顯然他考慮的是：進了這裡的醫院，就不能去台北又大又有名的醫院了，這是何等重要的決定。可凡心中酸痛，卻不能動聲色。

第二天可凡回家，在屋角隱密處見著兩個整齊的提袋，強烈呈現著父親的個性。他進臥房，遇到從馬桶那個方向急速投來，又急速遁走的目光，跟那兩個提袋同樣有藏匿的意圖，——似乎為了自己怕進醫院，拖一天算一天的心理羞慚。可凡心裡割痛，不能說一句話。

都不提去醫院這件事，動作卻向那個方向準備。這一去是長住，誰知道要住多久？可凡心裡有數。而強調「通完就好了」的父親，默默配合著可凡。可凡其實不曾作任何暗示，而父親順從了，他終於順從了。彷彿有人在耳邊告訴可凡這順從的恐怖含義，他躲到客廳坐下來，孤獨寒冷得可怕。

接著他就聽見父親激動地在怒責母親。母親求助地喊著：

「可凡，你過來，看看你爸爸要拿什麼東西！」

他起身進臥房。父親蹲在保險櫃旁邊，手裡緊緊抓著一串鑰匙，完全不能控制劇烈抖動的手指。父親大口喘氣，怒聲說：

「你，你到現在……到現在還不會開這櫃子！」

這說的是母親。可凡在父親身旁蹲下：

「我來開罷。」

父親憤怒地擋開可凡，再試著自己去對鑰匙孔。靠得這樣近，可凡要不看父親也不行。父親戴著那頂自從臥床就不曾離頭的絨線便帽；原本的豐頰架子仍在；上唇和下頷不知什麼時候長滿了灰白的短髭。他到底把鑰匙戳進了鑰匙孔，卻怎麼也打不開，他使勁扭轉鑰匙，把保險櫃搖得隆隆作響。

這巨大的膂力，還有那茂密的短髭，從此進入可凡的永久記憶。

「我來開開看罷。」

父親重重喘一口氣，手一甩，扶著保險櫃慢慢直起身子，落座在就近一張椅子上。可凡對準了號碼，轉動鑰匙，喀一聲保險櫃開了。

「奇怪！」父親既驚奇又不信，好奇地瞪著眼：「我怎麼就開不開？有鬼了！關起來，我再試試！」

可凡關上櫃門，讓路給重又蹲下身的父親。父親執意用他自己的方法，一面說：

「你不對，哪能這樣開的？」

可凡說：

「爸，要先對號碼。」

「你不對！」父親固執地說。可是他打不開。

換了可凡又把櫃門打開。

「這是什麼魔術？」父親喘著氣：「你碰巧的！碰巧！」

「本來就要先對號碼啊！」

「你碰巧！」父親帶怒說。

「這號碼是你給我的呀！」可凡不知為什麼也生起氣來，——生起自己的氣來。

父親突然扶著櫃子，一邊喘氣一邊蹣跚地走開，再也不看這保險櫃一眼。這是可凡跟父親最後一次爭執，但卻是不平衡的一次。病毒的蟲子在蛀蝕父親的意識了：先從精密微細的地方開始。什麼時候會吃掉全身？可凡從心底寒上來。

可凡透過熟人要到一間頭等病房。安頓好之後，他跟主治醫師有過一番對話。

「照說，應該先做檢查的。」知道可凡來頭的年輕醫生，雖然心不在焉，多少保持著適當的尊敬：「不過，老先生既然在臺北徹底做過檢查，也住過院，這裡不做也可以，免得折騰老人家。能不能把臺北的病歷轉過來？」

可凡答應馬上去辦。他向醫生說出他的懷疑。

醫生說：

「很可能的，癌細胞壓迫到直腸，不停引起便意。」

「能不能減輕一點症狀？家父整天吵著要灌腸。」

「我盡力罷。這件事交給我來跟老太爺周旋。」

父親居然不提灌腸的話。他攤開四肢躺在病床上，閉著眼，像是把一切拋開，拋給醫院去了。

可凡裝著快樂滿意地跟父親說：

「還是醫院好罷，醫生護士一招就來，爸爸你也放心，媽媽也放心。想吃什麼儘管說給我，我回去叫白敏做了送來！」

父親微微睜開眼，眉頭緊攢著，露出往日的威猛：

「臺北的醫生不行，這裡又有什麼辦法？都是三腳貓！我說了，他們要能解決這大便不通的毛病，就謝天謝地！」

「他們會盡力的。」

那天晚上，可凡陪父親度過入院的第一夜。

半夜，身上的觸動把可凡驚醒，他瞇眼望出去：父親在為他蓋被子。可凡立刻看到，父親受到損傷的那一部分意識正在為難他，他在邊緣上徘徊掙扎著，終於靠一種本能完成蓋被子的動作。這蓋被的父性部分因受傷而模糊，因此沒有父性情感的低迴，完了就完了，隨即就被什麼拖向前，遺忘了蓋被子這回事。拖他向前的或者是某種不可解的內在焦急，而這焦急也沒有在他意識上留下痕跡。一切彷彿都只是動物的本能。

深夜目睹這殘酷，可凡睡意盡去，不能入眠。他看見，幾乎每隔半小時，父親身上就會有一陣小騷動，蓄意地，或有預謀地把父親叫醒。父親被驅策著，艱難地爬起床，摸索著走向廁所；然後就傳來痛苦的掙扎和巨大的喘息，許久，臉上帶著一點虛幻的滿足和極度的困倦，父親回到床上，馬上睡著；半小時後又被那陰謀從他內心把他叫醒。

第二天，可凡在電話裡告訴大哥父親住院的消息，請他設法轉病歷。

「好，這樣好。」大哥快速度說：「也只有這樣；到臺北來也沒有辦法，醫生說得很清楚……病歷沒有問題，明後天就影印寄來，這點本事我還有……」

每一個從大哥嘴裡說出的字都像是要竄上前去掩飾前面那個字。

可凡告訴大哥他夜來所見；大哥慢下來，——從昂首闊步的奮進中慢下來。

「我們要有心理準備。」他說：「以後情況只會越來越壞，說不定最後排泄問題都會在床上，這不是不可能的。要找人照顧；這是天長日久的事情，自己不能先垮了，——這件事恐怕馬上就要去辦。錢是要花的，為老爸，花多少錢也應該……」

可凡透過社福會的幫忙，找了兩位助理看護，輪流日夜照顧父親；他跟白敏分開來每人一夜在醫院陪著。小亞跟奶奶住，娃娃則送去托養，星期六抱回家。白敏捨不得。

「先暫時這麼著。等這件事過去了，娃娃就回來。」可凡說。

在他說著：「等這件事過去了」時，突然他的緊張忙碌感消失得無影無蹤，表情冷酷地掉頭走開，不再跟白敏說話。

生活秩序紊亂了。可凡在公司、醫院兩處奔跑著，沒有根，沒有著落。父親一天不如一天，不是昏睡就是在馬桶上掙扎。他吃得越來越少。自從股部脹痛不能久坐之後吃東西就要人餵食；有時為了方便，趁父親坐在馬桶上就餵他吃東西，而父親並不抗議，——他已經沒有意見——每個人都感覺到這一點。於是每一個人都用粗大呵護的語氣跟他說話。可凡心中痛楚，但是他自己也不能免除這有毒的傾向。

而在匆忙、急迫、近乎麻木的日子裡，他不時有一種奇特詭異的感覺——感覺遠處有一個劉雅文。她不是在窺視他，不。她坦率、銳利地直望著他——在遠處；眼神裡沒有憐憫、沒有同情；既不陌生，也不特別親密。他說不出來那是什麼目光；也不能解釋為什麼在他想像中要把她擺在遠處，賦予她一副纖密不懈的凝望。

他記得她那天打電話告訴他她已經搬好了家；他抱歉沒有去幫忙。

「我知道，我知道！」她說。他記得她的聲音，有一點尖銳，緊密得毫無縫隙，就像以後他想像中，她從遠處投來的眼光。

她沒頭沒尾向他唸了一長串地址，然後就逼問：

「寫下來沒？寫下來沒？」

他不得不請她再唸一遍。

「是一間小房間，一個小窩。」略微高亢的嗓音繼續密密地說：「昨天晚上我第一次睡在我自己佈置的房間，我——我什麼都沒有穿，徹徹底底的自由。」

「害怕嗎？」

「不，我快樂。」然後又重複說：「真的快樂。」

高亢的聲音一沉，猶如一片浮雲掩去了烈日。

可凡猶豫地：

「雅文，你真的快樂？是真心話？」

她揚聲說：

「你不來看我——看我的新居？」

可凡低沉肅穆起來：

「我現在的情形……」

「我知道！」她打斷了他，卻不接他的話；許久，她才自言自語著：「沒有用的，沒有用的，再熱有什麼用？」

可凡心頭震動，一句話也說不出來。

她卻拋開了這個話題，開始向可凡詳詳細細描寫她的「小窩」。她在窗邊擺了一張小桌，放書、唱片和錄音帶。「有你喜歡的拉哈曼尼諾夫」；床兩側各擺著一隻小型書架喇叭；床頭櫃上一套小型音響組合。「在你眼裡不算什麼，可花了我不少錢。」右側牆整面貼了一張海景的壁紙。「你喜歡海。」

她聲音鬆弛了，非常飽滿多汁，宛如一池子盪漾著的水。但是緊密的印象已經形成，而且，不知為什麼，竟成為遠處的監視。

臺北的醫生說「已經沒有什麼」可以為父親做；這裡的醫生雖然沒有相同的語言，卻表示了近似的意思。可凡問自己：為什麼我們居然信服了他們，為什麼不堅決反對？難道是因為心中祕密的懶惰或冷漠因醫生的話得到了光明正大的庇護，把惡念視為當然了？在父親向結局越走越近時，他發現自己越不能解除共犯的嫌疑。我或我們，他想，實在不能把我們的冷漠從醫生的職業性無情截然劃分；我們跟他們是一樣的。

在父親將入而未入永恆的黑暗之際；在理智虛虛浮貼在他的腦膜，欲離而未離之際，發生了這麼一件事。

那晚可凡輪值醫院，他要沖一杯牛奶給父親，這是例行的工作。由於父親飲食日少，一杯加料的牛奶（他會在牛奶裡加幾杓麥粉、高蛋白粉等等）多少能補充一點體力。他照例先問父親。往日，父親對這句話的回答，不是搖頭嗄聲說：「不要，不——要！」就是睜開眼痛苦慎重地考慮許久，然後萬般無奈，勉力一試地：「好罷，半杯。」

可凡向坐在馬桶上的父親問：

「爸爸，我沖杯牛奶你喝罷！」

這句話就像點燃的一盞燈，照著父親的眉額，他忽然多話起來。

父親以一種禮貌的、謙虛的口氣，微弱地說：

「不要客氣，謝謝！不要客氣！」

最初，可凡並不恐懼，只是覺得自己被懸吊了起來，要把事情弄清楚。他執著熱切地，卻十分笨拙地再問：

「爸爸，要不要喝牛奶？」

父親在馬桶上搖搖頭，更加敬謹禮貌：

「不要客氣，謝謝！」

可凡一顆心都要從口裡跳出來。他執拗地說：

「好啦，我去沖一杯！」

父親臉上出現好奇的，簡直是愉快的笑容；但顯然要以虛懷若谷的置身事外來掩飾某種不滿。以這種表情，父親開始了他的多話。

他說：

「現在的人都很奇怪，很奇怪……他隨隨便便走到人家房裡來，喝一杯牛奶就走了，很奇怪……你怎麼也到這裡來呢？你還年輕嘛……」

可凡覺得絕對孤獨；恐怖極了。

「我是可凡呀，我來醫院陪你……這裡是醫院，醫院呀！」

父親不能打破他的好奇和不解，看著可凡，又因為警覺到盯著人看的不禮貌，迅速把眼移開：

「我以前好像見過你嘛，你還年輕嘛！」

可凡叫著：

「我是可凡，我是可凡呀，今天晚上我在醫院陪你，明天就該白敏了……」

父親突然極機警、極敏捷地抬頭看著可凡，衝口而出：

「白敏？你怎麼認識白敏？」

可凡緊緊抓住機會：

「我是可凡，你兒子，白敏是你媳婦啊！」

父親直直地睜著眼，從黑暗慢慢走入光明，他醒悟過來——像是一陣溫暖的風拂上他的臉。可凡驀然覺得父親臉上的好奇、禮貌、笑容和謙虛等等，都是一個幻夢，掩飾著一個巨大的恐慌；一瞬間，夢破碎了，恐懼出現了，但是他到底回到現實中來。

父親繼續睜著眼：

「可凡？白敏？……啊，啊，你是可凡！……唉，我連你都認不出來了……」

他長嘆一聲，閉上眼，再也不開口。過了一會，他從馬桶上起來；可凡服侍他睡下，他始終不作聲，比以往任何時候都更頹喪和虛弱。

第二天，父親告訴白敏他怎麼居然連「自己兒子」都認不出來。但他從不對可凡提這件事，也許是羞慚，可凡想。羞慚也是好的。

也許不是；也許只因他又啟程了。他被鞭策著、拉扯著上路了，馬不停蹄，再也無暇立足反顧，而陰風厲厲，伸手不見五指。什麼都沒有留下來給他，只給他一點點、一點點感官，讓他去知覺旅程上的痛楚。

兩位助理看護雖然保持著她們職業上的謹慎，漸漸會表露不同的憂容，而這總如冷箭一般刺向可凡的心。

可凡那天下午去醫院探視父親的時候，蔡太太要可凡看看父親的腳。

「腳有點腫。」她說。

「這，不是好現象？」他立刻輕聲問她。

「當然啦，整天躺著也有關係。」她不偏不倚，完全中立地回答。

可凡不追問，一顆心被緊緊勒著，像墜進冰水一般寒冷。

蔡太太又說：

「昨晚他倒是說了不少話。」

可凡很留意地察看她的臉色，——只嘴角有一抹曖昧的笑意，即使這一點笑意也自我管束得很嚴，生怕不小心引起可凡過奢的期望似的。

「都說些什麼？」

「老實說，我聽不懂，半聽半猜罷，他還寫了字。」

她拿起小櫃上一張隔日的報紙遞給可凡。在鉛字與鉛字的空白地方，有幾個原子筆寫的大字，扭扭曲曲，一筆一筆像是由許多許多小螞蟻聚集起來，但的確是父親的親筆。寫著：——「八年抗戰」，「剿匪」，幾個字。

「他問我曉不曉得八年抗戰，他怕我不懂，就寫了下來。他告訴我什麼叫八年抗戰，又說他當年怎麼帶兵打仗。你爸是不是做過大官？」

「唔。」可凡含糊應著；他想的是昨晚流經父親腦中轟轟烈烈的昔日的輝煌。從什麼時候起，父親不再向他提往事了？從什麼時候起，他們之間便只有爭執了？

「他昨晚精神很好的，一直不肯睡覺。」蔡太太望著闔眼睡著了的父親，又看向床腳腫起的腿；像大人看熟睡懷裡的嬰兒的眼神。然後，她就恢復她一貫中立的姿勢。

陳小姐——那位兩眼機伶，動作快捷的陳小姐——雖然比蔡太太年輕，經驗卻老到得多，從她口中只能聽見看護的要領和實務。她是絕對沒有私人見解的，然而這過份的不表示意見，正是她的冷箭。

可凡每次離開醫院，白天或晚上，他照例關照蔡太太或陳小姐：

「有情況就打電話給我，不要管什麼時候。我會馬上趕來！」

他隨時備戰的熾熱狀態，換來的是她們冷靜而遙遠的頷首。她們似乎洞悉了這熾熱包含的心虛，——把父親丟在醫院，丟給陌生人於不顧。

這是事實。他去醫院次數多，時間卻短。總是在十幾分鐘之後，他就起身跟蔡太太或陳小姐說：

「好，麻煩你了，我有點事先走，等下再來！」

但是他既然能抽空出來，就不必急著回公司去，他自己知道；而他竟不能耐著性子在父親床側逗留更長的時間。

有時，他是可以解釋原因的。那是在父親表現一點點進步，或僅僅略微舒服一些，——譬如：睡得比較安穩；多吃了幾口東西等等，可凡立即被快樂充滿，他就會說：

「我先走，有情況打電話給我……」等等，等等。

是這飽滿感使他坐立不安，要他必須躲到僻靜中去珍惜它。

除了這原因之外，他還能有什麼理由？拋棄責任，落荒而逃。

她們憑經驗洞悉了他的內心。他甚至不相信她們真會打電話給他。或許，這也就是何以那天夜裡，是由白敏打電話過來的緣故。

白敏在電話裡說：

「爸爸吵著要回家。蔡太太不答應，他就跟蔡太太吵架，我去勸也不聽。他一直說找我兒子來！他罵蔡太太為什麼不打電話給你。我們實在拗他不過，你看看，你看看有沒有什麼辦法？」

可凡說：

「我馬上到醫院來！」

時間過了九點，醫院的電梯停用。可凡沿樓梯急奔而上，心中茫然。樓梯無窮無盡，而他變得光禿禿的，一無所有。不是整體的麻木，因為他深知他的處境；他失去的是所有情感的反應。

他的思想簡單得可怕：他該怎樣說服——或者應該說，用什麼有力的「技巧」來強迫父親留在醫院。父親要回家，而他們不能讓他回家，這是他們全家的「政策」，但執行這「政策」時，卻只能看見執行人——可凡——的強烈個人意志，這是他的恐怖的孤獨。這孤獨連同其他脆弱感情一起藏在他內心深處，他離得它遠遠地不去碰觸，唯恐一觸，賴以維繫現狀的一切頃刻便成粉碎。

他是另外一個人，一個剛愎冷酷的人。

走廊空蕩蕩，燈光陰暗；磨石地十分光潔。夜漸深而人已靜，景象是不測而詭異的。他走進病房，一眼看見站著的父親；一邊是白敏，另一邊是蔡太太。

蔡太太如釋重負地說：

「好了，好了，你兒子來了！」

然後就向可凡解釋為什麼打電話請他來。白敏在一旁說：

「我們兩個人都勸不住他，他就是要起來回家，力氣好大！」

與蔡太太的如釋重負（好像一盆清水當頭淋下，洗淨了她滿臉泥濘）相比，父親並不因為可凡的來有任何情緒的激動，——如憤怒、如強求等等——他是漠然的；只是非常固執，彷彿他只留下了一個意志，那就是：回家去！

可凡趨前叫了一聲：

「爸爸！」

父親沒有認出是誰；那意志變得更其執拗，一遍一遍地：

「走，回家去！回家！」

可凡重複他說過多少次的話：

「爸，你不能回家啊，你要在醫院好好養病啊，回家怎麼辦呢？」

父親什麼也沒有聽進去，只說：

「回家！快！走啊！」

沙啞空洞。他的眼睛是空洞的；整張臉是空洞的。只剩下一個單純見骨的本能：回家！這固執的本能是赤裸裸露出獰惡本貌的鬼魅，操弄催促著父親。

可凡想了一想，說：

「好，爸爸，我帶你回家！」

白敏投來一瞥驚疑的眼光。

蔡太太把父親的夾克找來替他穿上。父親這時已經越來越遲鈍，——他任人擺佈。然而他是不耐煩的，一直皺著眉。

「走啊，走啊，回家！」他說。

可凡和白敏一人一邊扶著他慢慢走出病房，走向長廊。他步子僵硬；對於他身在什麼地方，甚而是不是在走路，他全不在意，向前直視，在無邊的陰沉黑暗緊壓下，只知道用嘴唇回應著那鬼魅的驅逼：「回家，回家！」

他一任他們攙扶著，扶到那裡就走到那裡。走盡長廊，他們往原路回走時，從父親手臂傳來微弱的抗拒，終究還是不得不照他們的意思走回頭。他直直望著前面，忽然這樣說起來：

「……你……你不要以為你們這樣做是對的……我曉得！你們總有一天會曉得……走啊，回家！」

可凡渾身發抖；彷彿看見父親在那黑洞邊緣掙扎，伸手指責自己。但這句話又不像發自父親，他整個身軀是一個空桶，回響著他的話，與他的聲音共鳴著。那是喉音，完全失去了父親個性的聲音。

他們走向走廊的另一端，更加陰暗。父親突然威猛地說：

「這是哪裡？我們到了哪裡？」

可凡瞬間覺得父親回來了，回到他的軀殼來了。在他急湧而出的複雜情感中，有詫異、有恐懼等等，就是沒有快樂。

那一刻，可凡連撒謊都不會了，他笨笨地說：

「這是醫院，我們在醫院走廊。」

「怎麼還在醫院？走啊，回家！快點！」

從父親手臂傳來一股韌力。好像你手裡握著一隻活雞翅膀，你越握越緊，你就會穿越羽毛的滑軟，觸摸到一股溫溫的，盲目的生命力的掙扎。

他們扶他到床邊。父親說：

「走！我們坐電梯下去，回家！」

可凡心中懷著雞翅暖暖的掙扎帶給他的痛，卻立意要騙他到底。

「好，我們坐電梯下去。」可凡順著父親說。

父親張著眼，什麼都看不見。

可凡說：

「到了，爸爸，休息休息罷！」

父親忽然厭惡而憤怒地：

「怎麼又到這裡來？我要回家！走啊！快！回家！」

蔡太太垂下眼，默然。可凡不曉得她心裡在想什麼；可是他看見她臉上有一抹收尾和滅跡的動作（一如關門落窗的一剎那），那意味她正努力著不表示任何意見。

可凡說：

「好，我們回家。」

於是他們又攙扶著他走向長廊，不停地一遍又一遍。父親不再譴責可凡，他彷彿陷進了極深的什麼地方，再也出不來了。他不再說話，而步子越來越沉重。

他們再回到床邊，可凡說：

「爸爸，我們到了，休息一下罷！」

父親長嘆一聲，自己向床彎下腰。蔡太太托著他沉重笨拙的身子，艱難地躺了下去。他一躺下便閉上眼，緊緊皺著眉，立刻響起了不安穩的鼾聲。

他跟白敏和蔡太太說：

「要是等下他醒了還是吵，就請護士打一針鎮定劑罷。」

蔡太太說：

「好，沒有關係了，你請回去罷。」

白敏送他出病房，兩個人默不作聲。好像——他覺得——只要誰一開口，就會觸發引信，爆發一場不可收拾的爭吵。

白敏終於立住腳：

「我進去了。」

他轉過身，含怒說：

「來罷，你們要責備就儘管責備好了，我絕不推諉！我絕對一個人承擔責任！」

白敏茫然看著他。——那簡直是霹靂一聲都轟不開的鈍拙。他在心中絕望地喊著：老天，誰說，誰說她美麗高潔？誰說她的力量無所不在？是誰說的？

是非對錯，龐雜一片充塞腦中，分也分不清。他沒有徵求任何人意見便執意這樣做了，他是剛愎自用，獨斷獨行的。陰森漫長的樓梯上，啪搭響著他一個人滯澀的腳步。他孤獨又害怕。

黑暗、孤獨和恐懼。突然燃起了盲目的激動。發動車子，他不是奔向此時正被黑暗和孤寂佔據的家，他奔向一個熟記在心卻從沒去過的地址。

警戒的詢問自門那一邊響起：

「是誰？」

他的回答失去了所有潤澤；沙嗄乾燥，跟他父親一樣。

「我，可凡。」

門霍然打開，傾出一汪燈光。她離他不到一尺，憔悴而緊張；一對大眼雖然吃驚，卻堅定地向他投過來。

「你害怕！誰說你不害怕？」他用眼睛涵蓋著她全身。

他在路上，火熱設想的是閃電的攻擊與強力的佔有。現在橫在他與她之間的，竟是他短促的呼吸，無遮的醜陋。

突然，同樣的醜陋出現在她這一邊：她薄薄的上唇劇烈抖動起來，完完全全失去了控制。嘴角下斜，整張臉除了那一對奇亮的眼睛一眨不眨地睜著，形成兩扇洞開的門以外，全部緊縮凝聚，一觸就要化為灰燼。

再不能退後。他邁前一步，把身後的門掩上，啪一聲關掉燈。掩門和關燈兩個動作的赤裸原始，一舉粉碎了他藉以一衝到此的華麗凜然的正當性，從此他便不能洗刷他自己。

黑暗是一波一波的浪湧，在眼前滾動。她始終不出聲，燈光暗去之後，那唯一代表她存在的眼睛也隨之隱沒。有細細的音樂，他一直到這時才聽見。原來，她是在聽音樂的。他竟聽不出是誰的作品。

「你啊，你不是說你什麼都不穿？你為什麼這麼整齊？為什麼把自己綁得緊緊的？」

就在他身前，傳出一聲長長的喘息，彷彿直到這時候她才開始呼吸。然後，他感覺到冰冷的兩隻手臂圍上了他的頸脖，緊緊地、緊緊地纏繞著。她全部藏進了他的胸、他的腹。

耳邊響起了直逼他耳膜的細語：

「你的，你的，是你的，全都是你的！……」

有奇怪的聲音持續不休地在響，嘶——剝吱——嘶。兩人同時傾耳聽著。

「什麼聲音？」可凡問。

暗中的她仰起臉，凝神細聽了一會。頸項在黑暗中隱隱現出乳白。他想到她露在髮腳外的小耳垂，忍不住俯身埋頭，用嘴唇去搜尋。迎面淡淡一股暖熱，混合著從髮梢溢出的清香。

她啊了一聲：

「糟糕，是唱片！」

趁機躲開了他又魯莽起來的手；她一側身子溜下了床，卻不忙去關唱機，窸窣了好一陣才把床頭抬燈扭亮。

燈亮的一剎那，她迅速瞥了他一眼。

不需任何前奏，這流轉的眼波足以召回退去的潮水。或許是粉紅燈罩的緣故罷，她臉上漾著醉紅，薄唇潤溼。她披上了一件絲質睡衣。

「我新買了一張唱片，喏，」她把唱片封套遞給他：「我暫時還聽不出所以然。你來的時候，我正好躺在床上耐著心聽，才有那麼一點味兒，你就……」

她在床沿坐下來，靠著他；非常自然又親密。可凡心裡一陣憂傷。想起她的話：「……這是我跟她的長期戰爭……」她坐下來的時候，使好像套進了一個熟悉而固定的模式，讓他看見漫長而複雜的前景。

他看著彩色封套，是荀白格的「珮麗斯和梅麗桑德」。

「你聽得很深了，怪道聽來費勁。他嘛，我這門外漢只喜歡他的『昇華之夜』；還有緊跟下來的大作品『古赫詩歌』，——可惜我不懂德文，喜歡，卻領略有限。」他落寞地垂下眼。

她向他緊緊傾過上身：

「『昇華之夜』！可不是！我原本就是要找它，沒想到只有這張。」她仰臉望著他，暖暖的呼氣輕拂著他的臉：「你聽過？什麼印象？」

「簡直是一篇複雜的現代小說，可真讓人難忘。倒要問你，怎麼想起聽他的東西呢？」

「算是偶然罷，」她變得有點小心的樣子：「我在一本音樂雜誌上讀到一篇介紹他的文章，特別提到『昇華之夜』。」

「有沒有說到荀白格作這首曲子的背景？」

「你是說那首詩嗎？」她直望進他眼裡去：「怎麼沒有？作者還把全詩引用出來。」

她怯怯的；不知怎的，顯得有些心虛，同時又十分熱切：

「我還記得那詩的幾行：『溺於罪愆，我與你同行，哀傷地我犯了罪。雖從幸福絕望，我仍侈望人生的豐美……』」

她垂下眼瞼，淡淡地說：

「這詩也不見得有多好。」

可凡說：

「是譯文的關係罷？怪彆扭的。這詩是不是還有人在讀我不知道，可是荀白格的這首作品，至今還不停有新錄音出來。」

說著這話，可凡覺得彷彿錯過了從她那面傳遞來的什麼，需待細看她一眼才能追捕。於是他看見她剛好完成的小動作：她纖巧而長的手指輕撫著兩側的柔髮，一起攏向耳後；嘴唇微抿，雙眼微闔；一張完全裸裎的臉，……這些忽然細緻清晰得像一幅畫：是一種新表情；新的思索的表情，——可凡捕捉到的這些，近在眼前，卻遙不可及，因此他才有錯失的感覺。他有一陣刺心的酸痛。

她微微一笑，那幅畫剎那幻滅了，像是丟給了他一個謎，然後就隱身而去。

「我這兩天想聽一點不同的東西。」她想了想才說：「拉哈曼尼諾夫是很好聽，你一聽就聽進去了，久了就覺得那只是一個小圈圈，你跟著他在那裡兜著……你可不許生氣！」

她偏著頭，右手心托著下巴，細長的指尖捺著臉頰，似笑不笑一雙溺愛的眼，警告地望向他。

他動情地伸手撫著她光滑的手臂，由上到下，然後再回過去，由上到下。

「其實，我也不特別喜歡拉哈曼尼諾夫。」他說：「我是門外漢的愛樂者，不同的心情要求不同的音樂。我最近聽得很多的是勃朗姆斯千曲百折的隱晦；以及來自西貝留斯的深度刻痕的冷壯；布魯克納方正之中的飄逸深情；舒曼餘味無窮的雋永；還有……你看，我在說些什麼啊！……」

「隱晦、冷壯、深情。」她重複他的話，回頭凝望著燈光，一向銳利的眼神，這時柔和而多汁。

她俯下身，整個人伏在他胸口，雙手——不再冰冷，火一般滾熱——從他脅下塞進去，繞過他的背脊，手臂與手臂相連成一個火圈，牢牢圈著他；同樣滾燙的面頰緊貼著他的胸。

「告訴我為什麼……為什麼你突然就爆炸了……為什麼你剛才那樣絕望，那樣瘋狂……告訴我，告訴我……我好害怕……」

他抬起手輕撫著她的頭髮，——是完全生疏的觸感，一小綹一小綹的細髮，紋理複雜有序。

「告訴我，是不是以後不來了？」

「什麼傻話啊！……來，把燈開了，你不是要我來看你的『窩』的？」

他輕輕推了她一下。她只把臉貼得更緊。

「我怕的是我自己。有時候，有你一句話，我就覺得一點困難都沒有，我就能撐下去；有時候，只要想到你一個眼色，我就全崩潰了……告訴我，為什麼你的眼睛有時候隔得那麼遠？我以前說你『不信』，現在我覺得那是疏遠，冷冷的疏遠……不，我要你全部都進來，全部，全部！懷疑、痛苦都沒關係，我只要你在我裡面，全部在我裡面！」

她仰起臉，閃著異光的眼睛投注在他臉上。

「可是，你知道沒有東西是永久的，我在你這裡，在……在你裡面，我總要走開……」

「我知道，我知道！我要的是全部，沒有保留。時間，……一輩子和一秒鐘有什麼差別？」

可凡長久看著她。

「你說我是個大雜燴，」他說：「你啊，你何嘗又不是個矛盾的組合？」

她重又把頭埋進他胸口。然後，她的手臂逐漸圈緊；他原先可以感覺她睡衣裡面火燙的柔軟，在她把他摟緊的時候，柔軟便因擠壓而消失，他什麼也感覺不出，只聽見她越來越急促的呼吸，像是要窒息一般。

好久好久，她放開了兩手，像是從長睡中醒來，直起腰，她說：

「你不是要看房間？我去開燈罷。」

她把房裡三盞燈——吊燈、壁燈、抬燈——全開了，一時滿室燦爛。她站在中央，粉紅色長睡袍直垂到腳背，一雙裸足立在暗藍地毯上。在強光直射下，她雖然瞇著眼，卻絕不閃避。粉紅的壁紙。果然有一方海灘在牆上，藍悠悠的海水拍著潔白的沙灘，近處幾棵長椰；畫面悠靜夐遠。靠窗是一張漆成淡藍的小桌；貼牆釘了一組木架，排放著書和唱片。桌角一盞小抬燈，柔和的光線投射在一尊小小的聖母像上。旁邊疊放著兩本羊皮厚書，下面一本是舊約，上面是新約。

她的視線一直留在可凡臉上，因為極度好奇，忘了自己是赤足立在地上。

她熱切地問：

「怎麼樣？怎麼樣？」

可凡在床上不安地挪動了一下，笑著：

「很舒服的窩，只是，燈太亮了罷？」

她鬆口氣，佈滿在她臉上的好奇（產生那緊密感的高度精神集中）消失了，她也笑著說：

「是好意，不是惡意，讓你看得清楚些。」

「包括你。」

她飛紅了臉，眼睛因而格外明亮。她去把燈熄了。

燈光一暗，他適意多了，——她移步去關燈的精靈般的悄然，帶給他莫名的蠱惑；黑暗把他從中釋放出來。

「來，你過來。」他向她招招手；她輕巧無聲，一溜煙上了床。

他在她耳旁輕輕說：

「我告訴你我的感覺。剛剛你站在那裡，又高又遠，你好陌生，不可能是我的，好像我們根本沒有關聯，什麼也沒有發生。這是怎麼回事？」

她在暗中說：

「這證明你爆炸完了，情感也沒有了。」

「不是這樣，」他說：「我們要客觀，——你平心靜氣想一想，留下了什麼？我是說感覺上。回憶嗎？那抓不住，摸不著的。我不知道回憶是什麼。」

她不作聲，全身沒有一絲動作，——除了那緩緩的一口一口、一個波紋一個波紋呼在他胸口的暖氣——這表示她的沉默是嚴肅的。

「常常是這樣的。」他繼續說：「尤其在歡樂的時候；過著過著，我會中途停下來告訴自己：這是留不住的，這是留不住的，什麼也留不住。這樣一想，整個世界就變成了一個夢境。聽起來這是很傷感的話，卻是事實。」

「你的意思是什麼都不可靠？」

「是的，不可靠。」

「快樂不可靠，痛苦呢，痛苦怎樣？」

她掙脫了他的手臂，仰面向上。雖然燈光全熄，他可以斷定她的眼睛睜得有多大。

他沉思著。

「也沒有永遠的痛苦。」他說；他想到瀕臨死亡的父親：「快樂留不下痕跡，不過，痛苦，尤其痛苦的過程是會改變你的。」

他嘆一口氣，想起了這天晚上醫院裡的經過。

「今天晚上，我父親像小孩子一樣吵著要回家。」

她冷冷地沒有反應。每次他提到他父親，她就冷下來。

他往下說：

「他跟護士、跟照看他的歐巴桑、跟每一個人說：我要回家，送我回家！沒有人理他。最後他跟我吵。我比別人都厲害，不但沒有讓他回家，還騙了他。我利用他殘缺不全的意識，騙他在醫院裡兜圈子。到後來，我不曉得他究竟是看穿了我的謊言，徹底失望，還是受騙到底，完成了他的幻境，總之，他是不吵了。——他不吵了，乖乖地躺下來睡覺。我忽然感覺所有的罪過都在我身上。」

「然後你就到我這裡來？」

他閉上眼。

「我那時好孤獨，好恐懼。」

她向他偎過去，用她輕柔的手心撫摸他的臉頰。不知是太疲倦，還是她手心神奇的力量，他很快就睡著了。

他被她抽離的動作驚醒。微微張眼，只見她如鬼魅一般從身邊浮起，悄沒聲息地飄向小桌，在桌前跪下來，垂下頭，整張臉埋入手心。

雖然覺得詭異；雖然有一刻他如白天一般清醒，可是他很快被巨大的惰性——像一個其大無朋的鐵鎚一般的東西——急速向下拉；甜美而舒適，他一下子進入了睡眠的極深處。

父親自從那次吵到深夜之後，就再也不提回家的話了。是忘了，還是——如可凡告訴雅文的——他看穿了他周邊的惡計，徹底失望了？這是一個謎。

這天下午，父親坐在馬桶上，無緣無故全身劇烈抖動不停，像是有一隻看不見的手在惡作劇地前後左右推動他。事出突然，敏捷的陳小姐迅速替父親穿好衣褲，摸摸他的額頭，對剛好進房的可凡說：

「恐怕要去請醫生來！」

可凡奔向護士室，請當值的護士通知醫生立刻來病房。回來時，陳小姐正一床被子一床毯子地往父親身上加。

「是發冷嗎？」他問。

「你爸爸一直在叫冷，毯子被子都蓋上去了，他還冷。」

可凡俯身問：

「爸，還冷不冷？」

戴著絨線帽，側身睡著的父親抖著聲音說：「冷啊！」皺著眉，集中全力在抵抗這惡作劇。

醫生進來，例行檢查似地聽聽胸音、量量體溫。

「為什麼一下子就這樣？」可凡跟在後面問。醫生不答；他的沉默似乎是故意的，含有特殊意義的。交代了護士幾句話，回頭對可凡說：

「我給他打一針，再觀察觀察。」
「要緊嗎？」
對可凡這個問題，醫生報以曖昧的一笑，抽身走開了。護士接連在父親臀部打了兩針。抖動又持續了若干分鐘，於是像張狂在黑夜的厲鬼，雞鳴之後便陰風一陣散去，父親逐漸安靜下來。恍惚要睡著了，卻被一串咳嗽震醒。——這咳嗽後來證明是黃河決堤的先兆。
先是一聲普通的輕咳，父親吃驚地睜開眼，像是暗中有人喝告他惡作劇又要開始了。父親皺起了眉，直瞪著眼，要認出或找到那發出暴喝的怪物。接著又是一聲咳，帶出胸間呼嚕呼嚕的奔騰，然後轟然一聲，如火山爆發，從父親口中嗬嗬地噴出岩漿，——一種紫黑的液體——從嘴角湧向枕頭，奔流到床墊。父親仍然吃驚地怔怔望著。
可凡眼眶裝滿淚水，俯身問：
「爸，怎麼了，怎麼了？」
除了吃驚的瞪視外，從眼裡得不出父親任何意見。陳小姐抽出一疊一疊的衛生紙，眼明手快地在父親嘴角防堵著。
嘔吐過去之後，吃驚的兩眼光芒漸散，代之以對休息近乎哀求的渴望。他閉上眼，沉甸甸地睡著了。
發燒和嘔吐的原因都沒有查出來，因為，醫生並沒有真正去查；因為，所有人都認定病人已經「不治」，查不查原因已經不重要了。——可凡突然感到有這麼一個觀念在這批健康人之間流行著。

父親更加衰弱。陳小姐提出穿紙尿褲的建議。可凡便一包一包買回來。父親雖然沒有反對穿紙尿褲，但是他要起床坐馬桶的意志依舊堅決。同時，可凡第一次發現父親是有潔癖的，紙尿褲一濕他就要換掉；而這又變成了父親的新煩惱：總說褲子濕了。

父親越來越堅決地認為他的病根在便秘，「大便通了就好了。」準確得跟鐘錶一樣，每隔半小時就要起來坐馬桶。他使盡了力氣，痛苦地掙扎著。一次一次的不成功反而使父親狂熱起來，更迫切地渴望解決。他的精神全部集中在這件事上，「研究」得越來越深入。

父親解出來的東西一粒一粒羊屎一般堅硬。如果他奮力解出這麼一點東西，這了不起的成就會燃起他無窮的希望，彷彿給了他生命力似的；他露出極樂又極遺憾的神情，指點著自己的肚子說：

「左邊解出來了，右邊還沒有。」

這左邊和右邊的神奇說法，使可凡既哀痛又恐懼。

醫院既然不能夠解決這麼簡單的排便問題，父親覺得，他就必須靠他自己。他坐上馬桶，掙得滿面赤紅。可凡或白敏；陳小姐或蔡太太，面無表情圍站在一邊。

那天，他掙也掙不出來，忽然他眉頭一鬆，閃出靈光，開始使用他自己的手指。發現父親怪異的動作，由於驚嚇，呆了一呆，然後他們全力加以阻止，但是父親的執拗和強硬，誰也擋不住。他摳弄得手指染血，終於有小石頭一般的東西出來；他大大鬆口氣：

「你看，我說有問題罷！他們還儘不信！」

他讓人扶上床，任人替他洗淨手，閉上眼沉沉睡去。

可凡恐懼地問陳小姐：

「怎麼辦？我們怎麼辦？」

陳小姐冷靜地說：

「什麼辦法？誰也幫不了他。」

他走向窗口，面對蒙灰的玻璃，淚水滾動；但是酸痛很快隱去，恢復了他近日熟悉的心情：麻木、堅定、略帶陰冷。

雅文寄來一封粉紅短箋，套紅樓夢探春的筆調寫著：

近日月色如洗，清景難逢；徘徊寓居，思古量今，輒未忍就臥。千古恨事美談，皆因一時偶興焉？不得其詳。若蒙戴月而來，惠我以智珠，願掃榻振席以待。

可凡從醫院直接去了雅文那裡。

那天夜裡，她著實修飾了一番。他說不出她修飾了什麼地方，只覺她整個人晶瑩透明，尤其她的眼睛可以作為代表：光輝而潤澤，炯炯地望向倦怠委靡的可凡。

她一眼看盡了他全部的冷淡；欲言又止。她讓他坐下，快活地說：

「看我為你準備了些什麼！」

小室中央擺著一張小食桌，兩副碗箸，兩支晶亮的高腳杯，各盛著小半杯琥珀色液體，散出沁鼻的酒香。極精緻的四個小白瓷碟滿滿盛著餚饌。

可凡起身端起一支酒杯，一飲而盡，回頭找酒瓶，卻碰著她迎上來的面頰。她的手已經滑上了他的後頸，輕撫著他的髮腳，暖暖的細語在他耳根：

「坐下慢慢喝罷。」

他說：

「你也喝酒？」

「特為你準備的。」

他坐下，在酒精作弄下，肉體自顧自荒謬地興奮起來。他大口吞嚥自己的手不停送進自己嘴裡的美食，含糊地問：

「自己燒的？」

「一半罷，另一半買的現成熟菜。」她笑盈盈地：「還可以嗎？」

「好極了！」他吞下一大口，咀嚼著說：

「你不吃？」

她端起酒杯抿了一口，直直望著他。

他放下箸。

「你，你看我好像看稀奇古怪的動物。」

「一點不錯，我在看一匹野獸。」

可凡推碗而起，跨上一步，一把扯她過來。她緊貼在他胸前，仰起熾熱的眼，牢牢盯著他：

「我裡面什麼都沒有，把我拿去，快！」

她沒有騙他，除了虛披的一件長袍，她全身赤裸。難怪她是半透明的。她屬於那種小型的飽滿，——衣服一遮便是瘦小的這一類飽滿。出於奇怪的尊敬和某種護短的心理，他不敢正視，只一瞥就回到她臉上，搜索任何進一步鼓勵他的暗示。但是唯一能透露肯定意見的眼睛這時卻已經微微閉上，兩頰火紅，與蒼白的前胸形成明豔的對比。

不讓毫釐間隙存在，不給空氣介入的丁點可能，從她身體的內裡，直接到了他身體的內裡；他身體的全部迴響著她的喃喃：

「……都拿去，什麼都不要留下，都拿去，快啊，快……」是透骨而入的堅決，——尖銳鋒利到那樣的孤單淒涼。

「都給你，都給你，拿去啊，快！」

默默仰臥著，誰也不去打破沉默。輝煌的燈光照射著殘酒剩菜；照射著海灘；照射著那一排唱片；照射著小書桌。

不知什麼時候，她拽來一條薄毯蓋在身上，閉上了眼，沒有表情；嘴角一絲因意志的堅持而出現的溫柔笑意，在他心中產生恐懼，他突然覺得這笑容跟白敏竟然這樣相像。

他悄然下床熄去了所有燈光。先是沉黑，接著就辨識了從窗口透進的清冷的月光。「月色如洗」。

澀重的眼皮抵抗不住睡眠，他一下子沒有了知覺。警覺醒來，——一秒鐘之內就清澈見底的那種覺醒——雅文不在身邊。

她跪在窗前，全身赤裸，浴著月的乳白。月色更明，而背影纖細：先是瘦瘦的肩、瘦瘦的臂膀；更瘦的腰，然後是小而圓的臀部，成一個倒心形墊放在腳上，足心全面向外，毫無血色的蒼白。

她動也不動地跪著，臉埋在手心。不知過了多久，她終於起身，從雪白的月色中移入黑暗，向床走來。看見可凡張著的眼睛，她嚇了一跳。她立住腳，好一會，才繼續移動腳步。她一上床，直逼到他臉前，看進他眼裡去。

「沒有那東西是不是，是不是？我知道你在想什麼，我從你眼裡看得出來。」她說。

「你不知道我在想什麼，你永遠想不到。」他告訴她。

她當然不知道。他忽然想起來的是這天下午白敏告訴他關於父親的事。

父親坐在馬桶上，白敏跟蔡太太守候在旁邊。父親這次的掙扎好像大大的成功了。剛扶他起來，他立即回身伸手去撿拾。白敏急急阻止他。父親說：「我要把它留起來，包起來，給他們去化驗，這裡面一定有毛病，要他們驗個結果出來，看看到底是什麼在作怪！」白敏為了徹底阻擋父親的瘋狂，也為了免於進一步的驚恐，（我嚇死了，她說）只好設法用報紙包起來，安慰他：「我明天一早就交給醫生化驗去。」父親念念不忘，過不多久就問：「送去了沒有？」白敏跟可凡說到這件事，開始時帶著不能克制的笑，最後眼睛含著淚水。

在可凡看著雅文跪坐的裸影時，他想的是這些。

雅文繼續凝望著他，然後她躺下來。

「那麼，我現在知道你在想什麼了。」她緩緩地說：「你不是說，死亡也是狂熱？」

「我說過這話？」

「也許你倒不是忘了，也許，」她在黑暗中說：「你只是失望，因為你碰到的全不是這回事？」

他不作聲。

她並不刻意等他回答；接下去說：

「其實，如果你鈍一點，你還是可以有大悲哀、大歡樂的。你走得太快了，保持那麼遠的距離，你就苛刻起來。」

可凡迅速扭頭看著她，好奇地：

「我不太懂你這個『鈍』字。是說不要去『感覺』你的周邊，進而不要去『感覺』你自己嗎？然後呢，快樂的浪潮來了，你就歡笑；悲情圍繞，你就哭泣？」

他仰面向天：

「你說我走太快了，是我走太快了嗎，還是太慢了？還是，還是根本就是我太隔離？你這『大悲哀、大歡樂』幾個字很有意思，或許不是我想的那樣膚淺。」

他想了一想，往下說：

「至於我究竟是怎樣的一個我，我自己也不明白。有時我莫名其妙地也會想得很深，卻總得不出結論。恐怕只有你這樣的個性才能想得清楚罷。既然你提到這一點，雅文，我倒也想問你一句話。」

她的眼睛在黑暗中發出亮光，射向他這邊。

「我要問的是：是不是因為你自己找不到，開始懷疑了？」

她說：

「不。我始終相信。黃金不會明擺在那裡的，是不是？總要用心去淘取。」

「你不怕淘到的全是沙子？你不怕你冒的危險變成你一輩子的悔恨？」

她在枕上刷地轉頭面向他，激動地說：

「如果你認為你自己是沙子，我就把你當做沙子罷！」

她從此不說話；而她的體熱猶隔著咫尺距離溫溫地向他漫過來。可凡一度懦弱起來，嘗試著伸手去接近那軟軟的溫熱，剛觸摸到肌膚，她馬上翻身向外。他停止一切動作；因為他在這一段日子裡瞭解到的猬瑣卑劣一起因她的拒絕，在他心裡翻醒，如一幅圖畫在他心裡展示出來。

醫生證實父親的腿腫，是腎臟進一步惡化的現象。他口齒逐漸不清，整日昏睡。馬桶不能坐了，紙尿褲消耗的速度驚人，於是勤買紙尿布成為可凡唯一有意義的工作，他全心投入這工作，熱切地想把它做得轟轟烈烈的，所以他買最好的進口貨，一包未完，第二第三包又買了進來；而這件工作始終像一篇辭藻華麗、內容空洞的文章，用鏡框子框了起來，卻永遠沒有人讀。

意識模糊則是因為尿毒增加到了危險的高度。這一點是主治醫生在那天例行的巡房偶然發現的。一向隨隨便便，消極粗疏的醫生，面色凝重地把可凡拉到病房外。

對於這位醫生，可凡自始隔著望遠鏡看他，焦距從來沒有對準；現在終於對準了距離了，他清晰地看見了他，——以及他上唇的小鬍子，他從來沒有像這時候對他這樣沒有信心。

醫生說：

「老太爺的情況不太好，我沒有想到尿毒會這樣高。」

可凡心裡想：你早該知道的。他問：

「有多嚴重？」

「尿毒升得這樣高，隨時，隨時都可能……」

「怎麼辦？」

「我看要洗腎。」

「那就洗腎！」可凡說。

他打電話給他大哥。大哥的決斷更逼人：

「馬上洗腎，沒有什麼好猶豫的，不要在乎錢。」

而可凡沒有從大哥的話得到肯定切實的鼓勵；他更空洞、更孤立無援。他覺得做錯了什麼事，——譬如，是他「在乎」錢，所以「猶豫」著去徵求大哥的同意。

他們送父親去洗腎。首先要從病床上移到擔架上。父親變得這樣沉重固然使可凡驚心，另一件事卻相反地加重了他的麻木遲鈍，——那就是父親對於人家把他弄到移來移去這種程度，除了痛苦地皺著眉以外，一句話都不問。好像他已經懂得「忍耐」是他剩下來的唯一保護自己的武器。

醫生和護士從鼠蹊部兩側各打進一枚粗針，接上通往析腎機的管子。機器開動，所有儀表的指針搖晃擺動起來。

可凡和白敏坐在床的兩邊。父親闔著眼，是睡了還是只閉了眼，是父親刻意保留的祕密。睡也罷，醒也罷，——儘你們去猜——他臉上的惱怒是明顯的。父親忽然抬起手，意義很清楚：他在自己頭上搔扒著。抓癢的用意是明白了，床側的人反倒茫然。可凡向坐在控制台前看小說的護士投去求助的一瞥。

「洗腎身上會發癢的。」護士說。

可凡和白敏在護士的鼓勵下，輕輕在父親手臂、腿部替他搔癢。父親重重噓了一口氣，慢慢垂下他自己的手。於是可凡看見了父親的手背、手指和指甲，——尤其是指甲，寬寬扁扁，有一條一條細細的直紋：很熟悉、太熟悉了。總是在父親發怒或者痛責他的時候，可凡就會垂下眼，那時就會看見父親交握著的兩手；看見他寬寬扁扁有細紋的指甲。那時的指甲和現在的指甲是一樣的，跟他的憤怒無關；跟他的痛苦也無關，只單純、客觀地代表了一種因日積月累的熟悉而產生的關係，一種父子關係。如今正當這父子關係漸漸趨於脫離消失的時候，這熟悉感湧出來維繫它。

他對父親忽然孺慕而更關愛，同時又有漸增的陌生。

經過洗腎，尿毒維持正常讀數，人卻一天比一天衰弱。嗆咳的次數增加了，一咳就呼嚕呼嚕噴出醬色的液體。咳嗽來得緊急，他們必須一刻也不耽擱地處理咳嗽後的狼狽，所以沒有時間讓他停下來傷痛和恐懼。像一個狂速滾動的輪子，所有色彩，——所有情感反應——滾成白晃晃一片麻木。父親奔馳得更遠，遠得不能辨別他的快速，只是越來越暗，如一盞遠去的燈籠。

他左腳腫得比右腳大了一倍。由於不進飲食，整天吊著葡萄糖。他已經一個禮拜沒有沾地，這天他有一股堅強的意志要下床。

父親的力氣不知是從哪裡來的，人得幾乎要掙脫可凡按住他的雙手。可凡使盡了力才按住他。父親睜著眼，驚詫地、陌生地、憤怒地長久瞪著可凡，終於放棄了；可是他讓可凡在那一剎那知道了所謂絕對無情究竟是什麼。

接觸泥土的渴望似乎一分鐘比一分鐘強烈。在辦公室的可凡忽然接到陳小姐的電話。

「……你爸爸今天特別煩躁，一直吵著要起來，要下床……」陳小姐告訴他。

「我馬上到醫院來！」

可凡進病房時，陳小姐神態安靜。（這是可凡養成的習慣：進房首先觀察她們——陳小姐或蔡太太——的臉色，以確定父親當天的狀況。）然而她的安靜有點怪異，似乎置身事外，保留了許多意見，而為了她的自尊，她含蓄地透露出她是在抑制她的看法。這種安靜使他不安，而做錯事的感覺又在心中蠢動，立即反應在外的舉動，是向她討好地笑了笑。

陳小姐說：

「他吵著要下地，又要我打電話給你，實在拗他不過，就扶他下來……」

可凡打斷她的話：

「他下床了？你一個人扶他下來？」

她微微一笑，把工作的辛苦予以淡化，不居功地說：

「啊，還有一位護士小姐，我們扶他下地站了一會。他很虛弱，站了一兩分鐘，臉色發白，我們就扶他回床上去。」

她嘴角現著似笑不笑的紋路，給人的印象是她一直很有節制地保持她的客觀；而同時又讓人感覺一直受到她的評論。

父親臉色蒼黃，闔著眼，氣息微弱，卻很平穩，好像他剛剛翻越了一座峻嶺，如今他正關了引擎熄了火，滑下山坡。可凡看不透土地給了他什麼安慰，但是可以看見：掙扎、奮戰和紛亂——都接近了尾聲，他似乎準備好了，可以筆直迅速進入永恆的黑暗了。

經過了幾天的沉寂，雅文給了可凡一封信。

那天你父親要從醫院回家的事，給我重壓。我沒有從陣線上退卻，也絕不作此想。我是對的。不錯，我是對的。然而，你父親的故事把這「對」的重要性縮小到了極限，就像幼稚園的小女娃跟穿白衣服的老師說：老師，你的衣服是白色，——這種正確在大人眼中算得了什麼？所以我就跟我自己說：如果你還保有一點謙虛，你就應該成比例地隱退。我小窩的門不應該隨時對這世界開著，因為在生死的大苦惱之前，我洞開了門，呼叫我單薄的口號，真是自大狂傲得可以。

現在我在懷疑我的工作。還記得我跟你說過我接受這工作一是因它的待遇；一是因它的「挑戰性」？待遇高是事實，「挑戰」是虛偽。我發現我每去一天，我陷於虛偽的程度便深一寸。那環境是一個大騙局，我偽裝積極去騙人，最後是騙了我自己。我逐漸不能把我的工作當真。

常和楊神父見面。他是個慈父。我們一起讀經。到深夜便一起禱告。所以我小窩的門如今到深夜也還是鎖著的。

也是這天的上午，陳小姐打電話給可凡，告訴他父親血壓下降到了三十、六十。

「我已經叫了醫生……」

「我馬上來醫院！」他說。

然後他就覺得，在這之前，他極速高飛，穿梭在炫迷的霧霾中；忽地一線崩裂，就在眼前，湧現一座峻嶺，冷岩錯落，鉅細靡遺，而他就要對它迎面撞上。是這種直接相連、不能脫離分割的最終的真相大白，奪空了他的一切，只拋下一付麻木空白的軀殼。

然後他就打電話給大哥。大哥說：我這就搭飛機南下。打電話這個動作的習慣性，把他跟外在廣大世界中茫茫滾動的日常生活神祕地連接起來，簇擁著他，安慰了他；喚起他心中碎裂了的積極意義；把顏色帶回給他被震空震白的靈魂。

他趕到醫院，看到病房門大大開著，開到門扇的極限，有一種令人心慌的草草的感覺；那麼明白地暗示著：隱私沒有必要了。病床兩旁圍著好些人：有淡藍裙子的「同學」——實習護士——，有白制服的護士；有的彎腰忙著，有的站在一邊凝視。這是可凡這一生最被孤立、最被排斥的一次，像是由於父親的緣故，他被歸類於全然不同的一族，不同於裡面這些人，不同於廣大外界所有人。

他只能從她們的肩胛把視線擠進去。父親鼻孔接上了兩條氧氣管，緊閉著眼；一個人跟這麼多人直接面對，臉上似乎散發著神祕氣氛。床頭床尾都有護士在忙碌：床頭的在為父親量血壓；床尾的則在父親浮腫的腳背尋找血管打針。

父親臉上的神祕，他毫不遲疑地看成是一種澈悟：澈悟了她們忙碌的無謂，自己卻又無力掙扎，——不，不是無力掙扎，而是對她們、對所有人的大寬諒：因為父親對世間一切的瞭解，正逐漸逐漸超越他們。他是若即若離的。可凡知道他正一秒一秒地失去父親。

他問陳小姐：

「我父親怎麼樣了？」

她以一貫的迅速眼神望他一眼，說：

「血壓很低！」轉眼看向靜靜忙著的護士，自尊心忽然強烈起來的樣子，這也是她習慣的表情。

他擠進去，俯在父親耳旁輕輕呼叫：

「爸爸，我來了。」

父親閉著眼，呼吸急促，沒有反應。護士尋找血管，試了幾處都打不進去。可凡把老早準備好的錄音機提過來放在枕旁，按下鍵鈕。但是父親只是喘氣。

主治醫生跟護士長在交換意見。護士長說：

「情況不好啊——condition 壞啊！」

醫生低頭不作聲。然後他們就討論——幾乎是爭執——打不打得進針的問題。護士長的大嗓門說：

「血管都已經 close 了，打不進去唷！」

這打針的糾纏，暴露了越來越接近的結局。可凡被麻木主宰的器管，這時不可制約地裂開來透出一線亮光，——一種奢侈的平和、解放感。這瞬間的光明照亮了他整個內部，卻又迅速被他關閉。他藉以關閉的力量來自父親鼻端的氧氣管——那兩根氧氣管套著綠色的塑膠套，像蜈蚣的嘴鉗，緊緊咬著父親的鼻孔。

右邊蹲著的實習護士，專責替父親量血壓，每隔幾分鐘就在父親手臂繞上皮套；每次父親都揮動手臂躲避，她就會說：

「不要動啊不要動，在量血壓啊！」

但是到了這時，陳小姐彷彿從另一個清晰的角度，透澈地看進來，聲音中充滿了清楚果斷、哀矜而不動情的關照，她說：

「讓他自由活動罷，不要碰到血壓計就好。」

她的冷靜超脫，比護士長直截了當的言語更沉重地說明了不可避免的最後結局，就會發生在某一個不測的瞬間。

不知在什麼時候，她準備好了一臉盆水和一條毛巾在旁邊，隨時替父親擦臉抹手。她總是滑溜無聲地準備妥當一切，整個人像一隻看不見的手。

醫生向可凡做一個手勢，領先走出病房，可凡緊跟著他到走廊。醫生緊縮的眉頭透露了職業性的憂慮：

「老太爺的情況可以說很不好。尿毒迴阻了淋巴腺，左腳才會腫得這麼厲害。只有再洗腎，可是他的狀況是不是經得起洗腎？——我看是經不起的——我建議轉加護病房。」

作為主治醫生，他不斷然裁決病人應該轉加護病房，而只「建議」，這謙虛對可凡露出它令人驚疑的荒唐。可凡問：

「情況好轉，當然還回到這裡？」

他竟然是這樣絕對的絕望，——大海茫茫之中，死命抱住一根稻草。他寒冷得全身哆嗦。

醫生臉色大為輕鬆，終於可以交卸責任似的：

「是，當然！」

可凡大動作點頭說：

「我同意。」

這強勢掩蓋不了他沒有經過奮戰，就撤守最後一道防線，留下徹底孤獨的父親在裡面的事實；他脫身而出，加入外在世界妥協的一群，也絲毫沒有得到他們的呼應，像是他曾經傲然拒絕他們的熱邀，現時他的加入，已然不受重視；他仍然不是他們的族群，他仍是孤立的，——這思想盤踞在他腦子裡，重複提醒著他的尷尬。

對其他的人，這倒是了不得的大決定。病房忙碌起來。醫生與護士一直蓄意隱瞞著什麼似的閃躲的隱密、瀰漫病房裡的凝重氣氛……等等，都一掃而空，明朗活動起來。

病房空了，都湧去了加護病房。沒有人招呼可凡，——沒有人「監督」他。他的自由大到可以無所不為。因此只有他沒有跟進去。然而，他是忙碌的，忙得冠冕堂皇的：他去買衛生紙、去準備紙尿褲、去打電話給白敏、去……等等，他一點一滴向他自己證明他的徹底無用；他徹底、徹底的怯懦。

他用盡了每一個可以掛住自己的藉口；終於不得不走進加護病房。醫生和護士圍在床側。陳小姐不在，不知什麼時候，她神祕地走了。對可凡，這是祕密的震撼，彷彿她的走一下子把他從迷惘無謂的忙碌中，扯回到堅硬的現實來：不可挽回了，一切都真的不可挽回了。他對她有一絲辛酸的思念。

不時有尖銳的女聲在說：「不要動、不要動啊，馬上好了！」護士千篇一律的謊言。

醫生說：

「幫忙翻一下身子，我從這面試試！」

他們是在打針或做什麼。

父親更見蒼白，眼睛緊閉，快速沉重的呼吸，急於表示他和在場的每一個人是處在多麼相反的、敵對的一方。幾個護士把父親向左側可凡站著的方向推轉。可凡抓著父親的右手臂。父親突然開始掙扎，手臂奮力擺動，要掙脫限制著他的許多隻手。他發出長長一聲呼號，可是他咬緊牙關，拒絕讓任何言語流出來。可凡手掌一觸到父親臂膀，出奇鬆軟的肌肉像是針對他一個人的極嚴厲的斥責；瞬間的錐心刺痛，讓他鬆開了手。於是父親脫韁的手臂向那片這些人正在製造煩惱的地方奮怒地抓過去。

醫生粗暴地：

「喂，喂，不要動！」低頭加速工作。

可凡伸手重新逮住了父親的手臂：

「爸爸，馬上好了，忍耐一下。」

他竟然說：「忍耐一下」，而沒有湧身躍入，全力幫著父親一起抵抗、一起掙扎。他不是一個兒子，他是一個徹底的陌生人。

醫生終於完成了他的工作。他們合力把父親緩緩恢復臉向上的睡姿。就在父親轉向上的那幾秒間，他張開了幾天以來一直緊閉著的眼。

只是一線眼白，卻表達了明白的意義：「看」可凡的意義。彷彿從白茫茫的無限，驟然凝聚到現實之中來；又彷彿是從極黏著、極固執的無窮遠處，掙扎回到可凡的咫尺近旁。這費力的白白一眼只持續了幾秒鐘，似乎來不及表達進一層意義，父親就已經力窮，從此闔上了眼，沒有再睜開；臉色越來越慘白，越來越平靜。

那一線白眼，除了透露全力掙扎回來的積極意義外，其他便不能確定：不能確定那一眼是對可凡個人的責備，還是要經由他——也許父親已經認不出他是兒子，只是活著的人類整體——表達他的抗議和不滿。這謎樣的含糊，為乍然一現而又隱去的一眼，添上令人寒冷的悚懼。

示波器上，心臟跳動正常。只剩下兩個護士低著頭在父親腳背找尋血管打點滴，其他護士都撤走了。醫生埋首在桌上寫什麼東西；加護病房很安靜。可凡凝立在床側注視父親蒼白安詳的臉；他沒有極端的情緒：不悲哀、不焦急，只是保持著敏銳的備便狀態，等著一個結局。他突然知道，等待就是盼望。他盼望的這個結局是父親的死。

他開始以實際的態度來看父親面對的問題——這是驚天動地的生與死的問題，卻默默進行著，沒有人投身進來關心；即或如可凡他自己，切望擠透他與他父親之間那一層隔閡，卻發現那是毫無縫隙的全面封鎖、全面阻擋。人的孤獨於生死之際，到達了極致；而所謂狂熱是不存在的。

他眼眶溼潤，淚水就要滾落下來；他吸一口氣，把淚忍住，於是這件事的真實面目又被蒙上雲霧，變得模模糊糊的，而在它變回模糊的時候，他就覺得舒服、易於行動。

因此當人們勇敢地說：「不管發生什麼事，人總是要活下去！」的時候，不過是讓一切繼續保持模糊，——如此而已。

他的眼睛不曾離開父親的臉和他的胸腹，——腹部起伏輕微。

他說：

「小姐，是不是不太好？……」

護士沒有聽見，或者根本就是不睬他。他忍耐著。然而那張仰著的蒼白的臉，越來越詭異，似乎要固定在某一種不變的表情上。

他提高聲音：

「小姐，醫生在不在？」

護士終於抬起頭，——一張塗了唇膏的臉，出奇豔麗。你絕不能從這張臉得到任何幫助、任何同情——可凡一剎那這樣想；他從來沒有對一張漂亮的臉這樣漠不關心。

她第一眼看向示波器，接著就招呼著後面的醫生。醫生過來，兩人低聲交談了幾句。她敏捷地奔向旁邊一張小檯子，把它嘩啦嘩啦推向這邊；又嘩啦嘩啦拉起四周的活動門，對可凡說：

「先生，請你出去一下。」

他問：

「幹什麼？幹什麼？急救？」

沒有人回答他。他站立不動，沒有人管他。

醫生把父親胸口的衣服拉了上去，露出黏貼在左胸上的電線。他俯下身，兩手掌貼近左胸心臟部位敲擊了幾下。就在這時，示波器上原本起伏游動的曲線，陡然定於一點，極順利、極明亮，迎風破浪地鼓向示波器的另一側，然後歸於靜止。

醫生直起身，搖搖頭，沒有看可凡一眼。於是護士問可凡：

「你們是要送回家，還是……？」

可凡用手指點了點地下。她說：

「你們要換衣服，可以換了。」走出小隔間。

可凡彎下腰來，伏在父親枕旁，叫了一聲：「爸爸……」淚水泉湧而出。有誰叮嚀的一句話，他刻意記在心裡卻忘了，這時在他腦中響起來。「……在那關頭，要克制悲傷。默念佛號，可以助你父早登極樂世界。」

他止住淚，（奇怪的是，他很容易就把淚收住，好像悲傷是在腦中流過的一段音樂）。他看到神祕失蹤的陳小姐，又神祕地出現在旁邊。她沒有著意表現，但在迷亂不清中，她給可凡的感覺是，她會在任何需要她這種人的時刻，出現在一旁，不讓你有浪費一分錢的誤認；——

她實際、有用到這樣的程度。

她遞過來一條絞乾了的毛巾：

「你幫你爸爸擦身子罷！」

在她觀察入微的眼裡，雖然透著真誠的哀憐，仍然醒覺地保持著距離。受到她那有計劃、有主見的清醒眼神的鼓勵，可凡接過毛巾，替父親擦身子。

但是為父親擦拭身子這件事，證明了可凡的不能「獻身」；易言之，他這個人是不能「忘我」的，他大概永遠不會奮不顧身去做一件事。在任何狀況下，他都會保留你我的分際，他是「有條件」的；或者正如劉雅文所說：「苛刻」的。

在替父親擦拭身子的時候，他只擦拭了腿部和腹部，他沒有擦拭父親的下身。

陳小姐提來一個衣包，這是老早就準備好了的壽衣。

「來，來，我們來穿衣服。」然後，她用撫慰的口氣轉臉向蒼白無語的父親說：「老伯，我來幫你穿衣服哦！」

雖然壽衣是按層次疊好的，穿著起來仍很困難。可凡從父親的背部伸手去把壽衣拉扯到這一邊來。他的手掌緊緊貼著父親的裸臂：依然溫熱，還有一點汗跡。

可凡又想到唸佛的事；唸著唸著，不一會又中斷了。

穿衣服最困難的部分是怎麼樣把父親的手臂穿進衣袖。這個動作陳小姐試了幾次不能成功。可凡說：

「讓我來！」

他抓緊父親的手掌，穿進袖管，使上蠻力，硬生生把父親的手從袖口扯了出來。

他大口喘著氣，覺得不祥而恐懼。就如有一次，他突然約束不住自己，粗起了嗓門跟責罵他的父親頂嘴的那一剎那，猶如大禍臨頭一般。

接著又穿好了白布襪、黑布鞋；戴上瓜皮帽。兩手手指戴上六枚銅戒指。上下穿戴整齊完整。父親安然闔眼而臥，兩手交疊在小腹上。越發神祕，死亡的神祕。陳小姐不知什麼時候不見了。

白敏拉開活動門進來時，似乎被父親整齊的長袍馬褂，以及驟然親眼目睹的不可挽回的事實嚇了一跳。她雙膝一屈，跪在床側叫一聲：

「爸爸……」便放聲哭了起來。

立刻有護士進來說：

「請聲音小一點，我們這裡還有別的病人！」

可凡上去扶起了白敏；她哽咽著：

「怎麼這樣快啊，昨天還好好的，今天早上也還好好的……」

白敏這天顯得臃腫，衣著缺乏平日的流暢清爽，一如可凡對他自己外觀的感覺。他們都是在最難看的狀態下。但是，可凡想起好久好久以前，他逗她的一句話。他看見白敏牽著小亞遠遠地一搖一擺過來。

「你們吶，老遠看去就是一隻母雞帶著一隻小公雞！」

這句話在白敏放聲痛哭，狼狽拭淚的時候，纏繞在可凡腦中，而終於對她產生密不可分的母性依賴。

他們相繼出到外面來——偷偷地，因為誰都不敢光明正大地說：我們出去罷。可凡做出出去的姿勢，白敏隨後就跟著。

可凡問起母親；白敏說母親早上來看過父親，她臉色「一下子好難看，」白敏陪她回家，「一步也不敢離開。」

「媽媽好像有預感。」白敏說。

他們等大哥來主持大計。白敏利用時間跟醫院結帳；可凡動手整理病房的東西。那天陽光格外亮麗。病房只剩一張空床，光亮開闊，有不可量測的謙容　默，然而他們卻覺得這房間與他們越來越遠，越來越無關；由於空洞，他們好像面對了模糊的全世界；而且，不知怎的，相互之間因而有一種含蓄的體諒和忍讓。

大哥近中午趕到了醫院。他出現在門口，頭伸出在身體之前，急於一探究竟的神情。可凡看到大哥第一道目光，射出那種洞察和刻意的細密，像是預知了自己跟白敏的茫然無主。不管這是不是誤解，可凡立即的衝動就是去糾正大哥。所以在他憂急地問：「怎麼樣了？」可凡斬釘截鐵地回答：「爸過去了！」反身領先走向加護病房。

大哥預測可凡的慌張，可凡則在腦中想像著大哥臉上培養情緒的專心一致。他太熟悉那表情，以致於有點要趨而避之的意思，所以他一逕往前走，也不回頭。

到了加護病房，可凡拉開活動門，側身讓大哥先進去，——大哥已經滿臉情感氾濫。穿上壽衣的父親，有了這一段時間的間隔，安詳得更詭祕。大哥跨步上前，在床邊雙膝跪下。

「爸爸，我這兩天一直心神不安吶……」

嚎啕哭了起來。

情緒的大出閘是可凡預料中的；但吼囉吼囉的哭聲，低沉共鳴到達的程度，卻超出了他的估計。想到護士的干涉，可凡伸手握住大哥的肩胛，低下頭在他耳旁輕聲地：

「哥，小一點聲……」

可凡的手指只略微暗示，大哥就起來了。大哥自從起身之後，眼睛就躲著父親躺臥的那個方向；他眼眶發紅，但是極容易地就保持了他一貫思慮周密、反應敏捷而涵蓋四方的作風。

他們決定送父親到殯儀館之後，一起回家。亮麗的天氣被過度強調，變得燠熱。

「我們在媽媽面前要克制情感，」大哥說：「不要讓她激動。」

不知為什麼，大哥的語氣露出一點輕鬆，──像逃竄的兔子，從門縫一閃而逝的白影：可凡這樣覺得。不能免疫地，他立刻感染到同樣的輕鬆。

客廳有好多人。母親被簇擁著坐在一張大籐椅上。

她迅速轉頭來看走進去的兩個兒子；臉上流瀉著焦急、期待和驚慌，飛快的一眼之後，她的眼睛就躲了開去。

躲避是屋裡普遍的現象，包括可凡。顯然他們都面對了不能斷然採取明確態度的難題，所以只有互相逃避。可凡跟母親說話是生疏僵硬的；眼光是飄游不定的。

「一切都安排好了，媽不要擔心……」他說。

母親盯著他，不知道是因為聽不懂而驚慌，還是因慌張而聽不懂。大哥開始用溫和、體貼、細緻和充滿信心的語氣告訴母親他們是怎麼安排的。母親不作聲，帶一點怒氣的堅決；至於為什麼惱怒，恐怕連不能決定態度的她自己都不明白。

飯廳桌上擺著好幾個保麗龍飯盒，白色盒蓋上用馬克筆潦草寫著：「排骨飯」、「煎魚」、「青菜」等等字樣，──當然是白敏買回來的。沒有時間炊煮，買現成飯食是唯一選擇。這買「便當」的務實，替整體氣氛帶進一點淒清的劫後溫暖。

由於桌上的便當，可凡注意著這時正忙上忙下，為大家張羅吃食的白敏。他十分迷惑——對白敏。如果有什麼特別原因，就是她這天顯得粗糙。他記得每逢遭遇難題，她就很奇怪地會出現臃腫的傾向，這時這傾向格外突出。令可凡迷惑的是，她的臃腫——譬如鼓凸的小腹——為她的粗糙添上極具主見、使人安定的說服力。他竟然莫名其妙地心動起來。

醫院裡還留了些零碎雜物，可凡往返了兩次才搬清。

他再進客廳時，大哥坐在沙發上吃便當。矮几上橫七豎八的便當盒。大哥銳利地看向他，嘴巴巨幅嚼動，含含糊糊地說：

「來吃飯，來吃一點東西！」

手中的筷子頻頻點著矮几上的餐盒。吞嚥了一陣之後，口齒略微清晰又說：

「來吃一點東西，排骨飯，也有魚！」

一面說一面細看了可凡一眼；他繼續吃了幾筷子，然而彷彿「排骨飯」、「魚」幾個字的巨大陰影，一下子扼殺了他的好胃口。

屋裡多了好些人。大嫂、大哥兒子大衛也回來了；不常回來的人，圍在狹小的客廳，礙手礙腳的。

可凡去院子裡整理搬回來的東西，白敏跟著出來幫忙。滾熱的陽光曬得他汗流浹背。院子裡切割清楚的樹蔭把水泥地上的白熱陽光襯得格外鮮亮，一院子的靜寂都因而具體化起來。心中有一股鬱積難宣的重壓，非關悲哀，也不是憤怒，是一個擠壓成一團的難解的結。

可凡說他錄了父親的遺音，大家要不要聽？大哥說「聽聽看罷。」可凡端出錄音機，放在堆便當的矮几上，——除了矮几，竟然無處可放。這礙眼的放置，變成了大家心中共同的尷尬，卻又找不著更明顯的理由說出口來。

錄音分兩段，最新的一段是這天早上錄的。第一次的錄音還能聽出幾句話；第二次則全是喘息，粗粗地直噴到每個人的鼻端。大家或坐或站，肅穆凝神地聽著。

小亞忽然哭出了聲，哭著哭著，轉身面對牆壁擤鼻涕。原來任由麻木控制著自己的可凡，被小亞的哭聲帶出了眼淚，而他終於沒有讓眼淚流下來的自我克制，似乎把他從麻木中解脫出來，喚回了他的清醒。

可凡突然看見大哥閉著眼，安靜得近於睡著了。他關掉錄音機說：

「下面就沒有什麼了……」

大哥睜開血絲滿佈的眼說：

「聽不清楚說什麼，聽不清楚說什麼……」

但是大哥也許真的太累，這天下午他在房裡睡了一個長長的午睡，發出響亮的鼾聲。

趁著大家都在，他們商量了葬禮的細節。母親依舊說話不多，像是被大家過度簇擁、過度細膩的關懷惹得有些慍慍的；她不自在，然而她確實依戀一家人在一起的溫暖。

說定葬禮前一天回來之後，大哥一家便離家北上了。

可凡回公司辦理請假，王歆歆——他的助理——遞給他一個大信封。

她說：

「裡面是您的信，這幾天到的，我都給您收在信封裡。」

他抽出信看了一眼，又迅速套進去。信，加上王歆歆謹言慎行的小心，讓他感到赤裸在她前面似地寒冷。於是他便直視著她，溫靜、謙讓地，刻意強烈暗示他現今的處境，藉以掩飾他的寒冷。

王歆歆說：

「昨天有人找您。」

「找我？那一家工廠？」

「一位小姐，不是工廠來的。」

「哦。」他把直視她的眼挪移到別處去。

可凡的心虛激起了她的好奇；耐著性子先慰問了他幾句，便直截了當地：

「是很瘦巧的一位小姐。」她不自覺地露出批評眼光：「好像不怎麼愛說話。我問了她兩次，她才告訴我她姓劉——好捨不得啊。我跟她說您不在。她不信。她問我說，你們的會客室在哪？我去那裡等他。」

可凡心頭一陣疼痛：為劉雅文的孤獨疼痛；為她一個人在那小屋燃燒而疼痛。小桌上殘餘的菜餚、零亂的碗箸；小書桌；牆上永恆的海灘。從床的角度望來，這種種是那麼清楚。

「這位小姐滿固執的，」王歆歆覺得不夠，又說：「真的，好固執。我說，你不用等了，你等不到他的，因為……她不讓我說完，一連問我：為什麼？為什麼？我就告訴了她。」

「你告訴她我父親過世了？」

「是，我告訴了她。她嚇了一跳，臉都白了，然後一句話不說，就走了。」

可凡茫然問：

「為什麼她嚇一跳？為什麼？」

王歆歆笑望著他：

「這我得問您呀。」

可凡搖頭：

「我不知道，我也不知道。她一直就沒問過我父親的病；她不關心，——不，她太關心。她害怕。」

他看著地下，陷入很深的思索。

王歆歆試探地：

「這位劉小姐，您認識她很久了？」

可凡忽然紅了臉：

「哦，……以前同事，沒有什麼……還有事嗎？」

王歆歆識趣地收拾起她的好奇心，悄悄地退出去。可凡幾乎沒有察覺她走開；他的思念如一床緊密的厚毯，向劉雅文捲過去，捲過去，重重包纏著這火燙的小女人。他想著她纖小結實的全部。他細密地、放肆地想著。

他撥她的電話，沒有人接。當然她不會在她的小屋。也有她辦公室的電話，但是這時打電話到那麼公眾的地方，就好像你允許第三者窺探你跟她的親密行為。

他拆開她的信。信一共有兩封。第一封是短信：

> 聽西貝留斯的音樂。冷壯的銅管——是的，是的！不溫暖，一點不溫暖，簡直是冰凍的寒冷，可是真感人。
>
> 是他把北歐的凜冽送進我的小窩嗎？我站在屋裡，一如立身在地獄的陰冷。我的小窩依然敞開，但是我不再吶喊。

第二封更短，寥寥數字：

老神父知道我厭惡我的工作。他問我要不要換個環境？他說他也許可以為我在神學院謀一個差事。

我在考慮。

信的收斂透著警告意味，像是那夜她驟然翻身向外那樣。這時他才發現他自己的積極、躍動的思念，其實來自遙遠的回憶，有著詭譎念舊的顏色。他看見她在小室裡揮舞手臂，激動卻無聲，也帶著那顏色，雖然她說出「吶喊」兩個字，把氣氛略微修正，但是不能改變這幾日他眼中一切事物被染色的傾向，——一種執拗的外移，扭不過來的。他彷彿站在一層堅韌的透明膜外。

這執拗的力量，把深邃的熟悉變成淺易的陌生。可凡記得在無憂無慮的童年，郊遊回家，一進屋會乍然有這變淺、變白的感覺，不過，一會兒，熟悉就回來了。而現在，自從可凡一家搬回來跟母親同住之後，急就章的擺設，額外的家具，把異色的陌生黏住，喧賓奪主地咄咄逼人。急就章的初意是暫時先這樣罷，不久就還給舊日的秩序。他們住進來的第一晚，就發覺所謂「暫時」是說服他們自己的遁辭；「暫時」其實是沒有終點的「不定」。他們只好虔誠說服自己去適應這陌生。

白敏和可凡都避免提到他們自己的住處，——他們覺得那是忌諱的。逼不得已，也只用「那邊」兩個字迅速帶過。是什麼原因讓那思想與罪惡相連接，他們自己也不明白。

同樣，不知為什麼，不知起自什麼時候，母親對可凡、對白敏，甚至小亞冷淡起來。有時，因為她不能管束自己莫名的冷淡，反而越發讓冷淡帶上敵意。

然而，可凡母子之間似乎情況特殊，因為如果不是可凡也對立在相同的冷淡上，他便無從感應母親的冷淡。可凡的冷淡出現在母親悲傷的時候。有人來弔唁，母親開始哭泣，或醞釀哭泣，可凡就緊張起來，向母親偷看過去，母親也警覺地暗暗望過來，——因此，應該是雙方對悲哀的純粹性的過度計較，讓冷淡橫隔在他們中間罷。

來慰問的親朋鄰居都帶來他們的好意，根據各自的家鄉習俗，告訴喪家該做什麼或不該做什麼。不同的說法集中在母親腦子裡折磨著她；可凡哪裡知道？母親在折磨下會突然從腦子裡挑出一兩個被別人強行植入的想法，當作她自己的主張說出來，然後就堅持著，以賭氣的方式。

為可凡的苦惱更添上一層苦惱的，是另一件事。母親開始在日常生活上表現不滿。先是冷眼旁觀，找出了錯誤，便以不同方式挑剔：最讓他們汗毛直豎的激烈方式，不是言語，而是——她自己來做，向可凡和白敏示範：事情要這樣做才是對的。

這示範是白敏的切膚之痛。對母親奇異的責備，她以稜角尖銳的沉默來承受；無言的對抗，敵意是明顯的。可凡從母親責備性的示範產生了冷淡；從白敏的敵意產生了憤怒。家中氣氛一天比一天僵硬。

而悲哀幾乎遠離了。一位親戚積極建議他們應該天天去殯儀館燒香「拜拜」。可凡藉此延續了悲哀的形式；可凡在每日的祭拜中，沒有流過一次淚。他試著鼓動情感，讓眼淚克服艱澀流出來；可是「鼓動」就是不誠實；這不誠實總是先於一切在他心中心作梗，迫使他放棄努力，遠遠走開，去燒冥紙，或站立一邊，向遠處眺望。不過，這卻不是自自然然的放棄，而是出以強忍的姿態，暗示他的默默有勝於號哭的悲痛，——他從這一種不誠實陷入另一種不誠實。

冷凍室不遠有一間小房間，殯儀館的辦公室，擺著幾張桌子和椅子。桌上隨手散放著幾隻茶杯，其中一隻是綠白相間的暖杯，不知什麼原因，這杯子的綠白顏色刻印在可凡腦子裡，拭抹不去。屋角有一把電扇；一張椅子的椅背掛著一塊抹布。地上掉了一把雞毛撢子。在死亡和屍體的邊緣，也有積極忙碌的工作；也有——工作完成後，小小平凡的快樂、小小平凡的滿足。彷彿茫茫滄海驀然拱起又隱去的龐然鯨背，可凡乍見了一股無情的慣性，戴著芸芸眾生，包括他自己，作著執拗的滾動；這驚鴻一瞥沒有任何警示，不給任何啟發，只讓人看見了它的巨大和無極。

日子重疊著；可凡唇上長出了短短的鬍渣。

這天，母親忽然決然地跟可凡這樣說起來：

「你們可以搬回去住。何必在這破屋子陪我？我不怕的！有什麼好怕？以前我還不是孤孤單單，這麼久也過來了……你們搬回去住！……」

但是此後她再也沒有說過同樣的話，而跟在這陽光耀眼的話之後的，是蓋天的烏雲；母親變得非常沉默，非常警覺。白敏和可凡從此絕不在母親面前提及「那邊」兩個字，——卻因此在母親眼裡製造了無處不在的「可疑」。在她感覺可凡和白敏「似乎」在避著她討論「那邊」，她就刻意顯出極乾淨獨立，與他們毫無牽涉的神情。

又一天，倔強的母親出奇安靜地跟他們說：

「你們也應該回『那邊』看看……」

她立即機警地收住話。她強制自己釋放出妥協，可是妥協與軟弱那麼相像、對她那麼陌生，她立即起來反對她自己。

這天，毫無預警地，可凡被啟示似地突然全盤明白，母親的挑剔與不滿的對象不是可凡和白敏，是她自己的恐懼與焦慮。悟出了這一點，等如解答了可凡心中一道難題；而且因這難題之去，帶走了一切困難：劫後的凌亂、急就章的不安……等等，都隨之消失。於是清風徐來，可凡舒開了胸懷，理直氣壯地坦然起來了。

又過了幾天，可凡收到劉雅文下面這封信：

從認識那一刻開始，死亡的陰影就隱伏在這件事附近。這麼簡單明白的事實，一直到了那天，再沒有空間容我躲藏，我才敢正式承認。不要說這是傷感無謂的聯想；你也知道這是最後的結局，——你的眼睛這樣告訴我。那天我真的恐怖，現在我一點也不怕了。

幾天前一個晚上，我跟楊神父一起讀經。不忍傷老人的心，我認真追尋經文的含義。他慈藹的雙眼從開頭就沒有離開過我，最後他竟闔起了書。我問他是不是累了？他說：是你累了，孩子，你不專心啊，孩子。我聽他叫我兩聲孩子，就哭了起來。老人家靜靜讓我哭了一個夠，不安慰我，也不打斷我。等我安靜下來，他翻開聖經，邀我再度進入經文的浩瀚。他一個字也不問我的哭。因為——我覺得——我在老人眼中從來就沒有祕密。我由慚愧而渺小，終歸於平靜。我想我知道該怎麼自處了。

第二天，我問老人家：神父，怎麼樣才能像您一樣平穩寧靜而廣博，無所不容？他回答我：不要被你說的廣博迷惑；你要從最細小、最精微開始，這叫做專一。我問：神父，專一是不是一種熱情？老人家微笑說：孩子，我不喜歡熱情這兩個字，那是箭鏑的鋒芒。我沉默著，思索老人家的話。過了一會，我就問他：神父，您上次說的話還算不算數？老人家想都不想，回答說：我在等你的回音啊。我說：我願意到你說的神學院去工作。因此，你收到這封信時，我已經搬離了那小屋。神學院供給宿舍，所以我也不會住在家裡。

願小屋中我經手的一切，包括那一片寧謐的海灘，終能留待有緣。

可凡的手顫抖不停，帶動著信紙也在輕顫。非常怪異的緊張，就像當年他第一次接到白敏的信；或他第一次打電話給劉雅文。是法院中聆判的心情：有罪與無罪，都將在法官嘴唇開闔之間決定了。

然而並沒有肯定的結論來為他把是與非作一個斷然的釐清，整件事模糊混亂起來，而他，可凡，就在那一團混亂的中心。這一團混亂被切離了本體，被糊裡糊塗寬恕了，被拋棄了，——由於他不堪寄以重任的無能。

遙遠遙遠有她一雙燃燒的眼，那麼熾熱明亮，漸行漸遠，就像你仰望一枚騰空而去的氣球，漸拉漸長的距離，使你更感到貼地的沉重。

他全身都冷了起來。

為了扣緊安排好的時程，可凡在葬禮那天一大早就叫醒了全家大小。

大哥一家早兩天就回來了。可凡記得大哥剛進家門時，他那一張憂慮、嚴肅的臉；眼睛急速向你探尋著，要知道你對他的沉痛留意的程度。遠道的親戚朋友、父親的舊屬等等，也在前一天就陸續趕了來，於是葬禮的前夕其實成了久別老友把晤敘舊的一夜。

那天又是陽光豔麗的天氣。陽光下的一切精準得很虛偽，不是真的。這情形又發生了：那就是在重要的關頭，他就被模糊阻隔著，不能貼近核心。然後他想起殯儀館老闆的一句話。老闆來問他家祭和公祭的確實時間。可凡告訴了他。

「七點很早哦，」老闆說：「那我們六點就要去冷凍室推出來解凍、化妝。」

老闆的話改變了狀況；它清除了模糊，緊縮了距離，讓他接近了現實，瞭解這悲哀不是別人的，是他自己的。然而「解凍」兩個遠離人類世界的字，其無情固然讓他進入了真實，卻也給了他正當的藉口來迴避那真實：那就是以負重的姿態，忍悲含痛地去做有別於情感的實務性的事。

母親敏銳的沉默是在加重她的質疑：究竟她該怎麼反應才適當？這遲疑不決變成了她的憂懼，彷彿不管她採取什麼態度，都會有嚴厲的眼睛從外向她冷冷監視。

照排定的行程，晚輩要先去殯儀館，母親在家休息，由陳小姐——他們又請了她來幫忙——照顧；稍晚再派車來接。

在乾淨、廣闊的禮堂周圍，有可凡的身影不停來回走動。他不能「定於一點」。他匆忙的唯一目的，是避免靜止，因為靜止勢必導致別人對他固定的觀察，產生誤解，進而對他濫施同情，這是他不能忍受的恐懼。

只有一個思想能消除走動的荒謬，——那就是讓自己核對時間，然後心中想著：爸爸這時從冷凍室推出來了；現在開始「解凍」了；現在有人在替爸爸化妝了……等等，他冷淡的匆忙立刻被情感充滿。

在換穿孝服的過程中，可凡從當事人的嚴密規範，被抽離到局外人的普遍中去，這都由於殯儀館老闆幾句不經意的話。老闆搬來一捆粗布黑衣服；看見他們穿得素淨，他說：

「其實，你們的白衣服就很好，不一定要穿黑衣的。」

可凡驚奇地問：

「不是一定要穿黑？」

「也不一定啦，」老闆說：「要看地方，譬如台南一帶的風俗就是穿白的……看你們自己啦，你們要穿黑也可以……」

就是因這句話，可凡返回到局外人的鬆散中來。他不能確定的是，這究竟是老闆專業的寬容，還是一般人信口一句話。

不管是寬容還是隨意，可凡都覺得不可思議；他回顧大哥。大哥說：

「好呀，就穿白衣！」

大哥突然現出的輕鬆，證明他跟可凡一樣，從某種「尷尬」，微妙地解脫了自己。

於是他們原有的衣著不變，披上了蔴衣，戴上了帽子。

而那時，可凡故意把視線避開小亞。想像中，這孩子竄得那麼瘦高，穿上蔴衣、戴上帽子之後，配以迷惘傻愣的一張小臉，定然如小丑般突梯滑稽；而如果這時可凡竟不能控制失笑的衝動，這就意味著瘋狂。

大哥老早穿好了孝服。因為腰間的那根帶子，滾圓的肚腹越發鼓凸，有很古怪的羞慚的樣子。大哥對這立刻有了自覺；出於反動，他改變了神態：他加深了沉鬱，添上勇於任事的明快，充分發揮比平日更鮮亮的開闊大方，出入大庭廣眾如入無人之境。

殯儀館老闆提醒他們：是入殮的時候了。於是由大哥領頭，魚貫向禮堂後方的冷凍室走去。

這時大哥的形貌開始越來越突出，有一種膨脹起來的奇怪的模樣。臉和眼微微發紅；身上（竟然似乎不是從他的嘴和鼻）發出唏呼唏呼的響聲：這是情感大奔放的現象。可凡卻一直在與自己的情緒掙扎，即或有意無意地自我煽動，也至多沉重地略浮一浮。

廟堂的肅穆籠罩著他們。嚴格地管束著自己，眼睛直視前方，刻意地互不觀看，彷彿視線的相觸也是禁忌；偶而的巧遇，眼珠子便會空洞起來，沒有了內容。

可凡意識到白敏在不遠處溫暖的存在。他的眼角偶而會掃及她的衣角或她跨動的腳步，——在孝服覆蓋下，步履很是笨拙——雖然她是模糊的，那熟悉的母性依賴驟然湧集在他心中。

突然，他覺得他脫出了劉雅文的陰影，離她好遠好遠。一切都沒有變動，不可能變動的。炙膚的灼熱，就像是夢境中的傷痛，爬也爬不回去重溫。現實在巨大的無聲中，就這樣一波一波，鈍鈍地滾進。

從遠處就看到冷凍室旁那小屋有人在走動，大半是女人。向殯儀館訂購的棺木放在裡面，漆著淡黃，金黃的銅鑲邊閃閃發光。棺木旁是擔架，躺臥著由可凡親手穿上壽衣的父親。

「直躺」是可凡剎那間的印象：躺得那麼規矩。腳朝外，白襪黑鞋；兩隻手掌交疊在小腹的位置上。從遠處看去，彷彿父親為了自己僵直的睡姿不舒服，這不舒服傳染給了每一個人。一定有什麼地方不妥，把這不妥弄妥，不舒服就會消失了。

但是等他們走到近處，這不妥便不存在了，原因是這不妥的最終發源地原來是父親身上的壽衣。

父親闔眼安然仰臥；臉色紙白，上唇和下頦的短髭偶而閃著銀光，額門和臉頰都在「出汗」，這是解凍的結果。一個歐巴桑（後來知道她才是控制儀式的主角）不時用毛巾拭去父親臉上的水珠。

然後，可凡發覺此時的父親與去世那天的父親有顯著的不同。

他現在看出，父親那天是從某種大騷動的頂端驟然平息下來；這極端的對比，使你覺得安息是另一種騷動。而此刻則是完完全全的安靜，徹徹底底的放棄，臉上凝結著一層鑽不透的陌生。

那麼，激情是不是在死亡的一瞬雖然有全面性的爆發，而爆發的形式則是可凡不能理解的呢？

父親交疊的手背仍然留著暗紫色的瘀血和針孔。可凡終於忍不住眼淚，哭了起來，是抑制的低泣。

他跟大哥都貼擔架站著。大哥靠父親頭部，可凡靠肩部。殯儀館工作人員在四周走動忙亂；大嫂、白敏等擠不下，就在外面走廊一字排開。

大哥開始說：

「爸爸，我們都來看你啊……」

帶淚的柔聲，非常異樣，非常不熟悉。話到一半便只有哭泣，是可凡更不熟悉的赤裸裸的聲音。大哥的易感以及陌生的哭聲使可凡莫名其妙地緊張起來，於是他就更加壓抑他原本無聲的啜泣。

小亞很清晰地站在外面；被黏住似的，有一種身不由己的陷入，彷彿在傾聽老師滔滔不絕向他講述他不懂的深奧，他迷惘熱切，十分執著。
只有小亞清晰。奇怪的是，雖然白敏在可凡的視覺上是模糊的，卻有瞬間的電流因她而起：一波又一波肉感的溫暖；一重又一重神祕之源與動力之源的聯想，都來自她模糊站立的地方。這短暫的顫慄極盡刺激卻立刻受到壓抑。
如果你有心瘋狂，就只要放縱這越軌的傾向，——是這麼簡單容易的事。
歐巴桑低垂著兩眉，輕聲說：
「該入殮了，你們來，手摸一下，抬一下就好，其他的讓我們來做。」
大哥伸手略抬了抬父親的頭，便有殯儀社的人過來，合力把父親抬起移入襯著明黃綢緞的棺木裡。歐巴桑唸唸有詞，道出一大篇吉祥話。家人則後退到一邊去。
不必親手抬父親身體這件事，感動了可凡；對易感的大哥，效果尤其巨大。可凡聽見他在後面用充滿情感的嗓音，悄悄地跟白敏商量。
「給他們一個紅包，應該給他們一個紅包！」
白敏小聲回答著：
「剛剛給過了。」
「很好，很好！」後面迴響著大哥極其滿意的低嗓門。
白敏在家庭會議裡，被派給了管帳的差事。這幾天她一直忙著收禮付錢。也許白敏不知道，——不，她絕不會知道——她收錢付帳的動作會散發出這樣豐富結實的肉感，影響著她周遭的男人，包括可凡自己。可凡記得那個司儀夏先生異樣的臉色；然後是大哥，閃爍著靈敏的眼光，對著大家說：

「白敏呀，我倒好有一比，有點像，有點像紅樓夢裡的鳳姐兒……」

這是對白敏全新的詮釋。大哥這樣解釋，別人呢，比如劉雅文？

歐巴桑不停把紙錢放進棺木，塞在父親頭部和身體四周。為了便於塞放金紙，歐巴桑不時執起父親的手，抬起父親的臂彎。歐巴桑接觸父親身體時的煦和自然，微妙地融化了空氣中的僵硬。可凡覺得透過歐巴桑的溝通，他們才能真正接近父親，因此歐巴桑其實是他們跟父親之間的傳譯。

白敏在後面悄聲問：

「要不要化一下妝？」

歐巴桑回答說：

「不用啦，這樣有福氣、好看的老人家，就這樣子最好！」

他們把父親的手杖、眼鏡一起放進棺木，然後在父親身上蓋上一床明黃緞罩，（罩面上印著幾個大紅字：南無阿彌陀佛），只露出頭和手。父親頭上戴著黑綢緞的瓜皮帽，四周緊緊塞滿了金紙。這是父親的新裝扮，異常飽滿，但是又像是被習俗簇擁著，向裡面更走進了一層，離他們更遠。

一個工作人員抱來一張與棺木一樣大小的透明壓克力板，蓋上了棺木，開始在四個角裝上螺絲釘。

歐巴桑平板地，毫無煙火氣地慢慢說：

「你們跪下來罷，跟著我唸。」

他們雙膝跪了下來。歐巴桑從父親頭部開始，手比劃一下，嘴裡就唸一句吉祥話，跪伏在地的他們就跟著唸一句。分辨不清她的每一個字，可凡揣摩她的音調，大聲重複她的話，領在所有聲音的前面，具有強迫帶動意味，——出於絕對的虔誠；而由於誠意的純淨，他終於突破了內心的障礙，無拘無束、自由自在地出入於歐巴桑構築的禮儀世界。

歐巴桑從頭部一路比劃到腳端。外面站立著一個三人小樂隊，以嗩吶和鼓鈸配合著。線香濃濃的煙氣瀰漫在裡外。一圈唸完，歐巴桑如歌的唸唱一頓，嗩吶也一收，立時便有幕落戲終的零亂的靜寂，——殯儀社的工作人員真的在收拾道具，鼓鈸發出碰撞的輕響。

該白敏給紅包的時候。是不是該給，沒有人能確定，只知道為了討吉利，多給紅包沒有錯。每人一個，包括外面的小樂隊。

吹嗩吶的是一個健壯的年輕女子，樂隊的領班。健康加上活力，以及隱隱約約一點愛美的傾向，（比如她走路的姿勢、半高跟的涼鞋等等）把她跟她手中的嗩吶配成畸形的一對。很明顯地，她自己無時不受到這一點的提醒，從而演變成她對另一半——嗩吶——的故意漠視；也彷彿因此而能隨心所欲地操弄它。被冷漠以待的嗩吶等於是馬戲團裡被人牽著的猴子。

白敏遞給她紅包，她顯出壓抑的厭惡，想必是對喪家在這場合不變的反應——浮濫的慷慨——的反感。

她說：

「不要，不要，我們的費用包括了這些的！」

白敏說：

「請收下，收費歸收費，這是我們額外一點心意！」

她仍然堅持了一下，終於收了下來；厭倦得連一聲謝都說不出口。

殯儀社幾個人合力把棺木抬上一座活動擔架。歐巴桑示意大哥一手扶棺，一手拈香跟著棺木；除大哥之外，其餘的也人手一香，緊跟在後。嗩吶鼓鈸齊鳴，隊伍向靈堂移動。大哥含淚易感的喉音，轟隆轟隆地說著：

「爸爸，我們現在帶你去靈堂了！」

從這裡到靈堂是一條整潔彎曲的長廊。很快便到了靈堂的後廳，停放靈柩的所在；正前方是靈臺，佈置著鮮果、輓聯等。

靈堂忙亂一片。從裡望向外，可凡沒有碰見一雙眼睛，也就是說，外面沒有一雙眼看向裡面。也許他們一直這樣忙；也許因為靈柩進來，他們才突然忙起來。在忙碌這光明正大的理由下，每一個人總可以為自己找到逃遁的途徑。

司儀在外面發出傳呼：請各位進來瞻仰遺容罷。

首先是一個揹相機的小伙子，他慢慢靠近靈柩，不知該怎麼辦。可凡見他手足無措，趨前對他說：

「來，我先照一張。」

他接下小伙子遞過來的相機，有意走得極靠近棺木，對著父親的臉照了一張特寫，於是小伙子才踏著可凡為他開闢的道路，繼續照下去。親友舊屬按序排成長列，慢慢進來，謹慎肅穆而——恐懼。

接母親的黑色轎車在可凡焦急盼望中（他一心要扣緊他安排好的行程），終於出現在禮堂外面。

可凡立即感受到的重壓，而且企圖擺脫的，是母親馬上要下車走進大廳，面對大眾的表情；所以他閃到裡面去，匆忙對大哥說：

「媽媽來了！」

可是儘管只有一秒鐘，他也看清了一切。

母親依舊是不敢全面坦然面對外界；依舊內部盲目敏銳，外表緊張麻木。她從車上下來的瞬間，顯出茫然無助、無從著手的樣子。——有一個人立刻從旁把這一點補救過來，這人是陳小姐。

陳小姐以警覺細密的態度、銳利敏捷的眼神扶著母親。母親全身倚賴著陳小姐。這絕對的信賴，以及陳小姐適時隨侍在側的配合，構成一幅端莊的圖畫：一位含淚凝悲的老太太從遠處一步一步出現。

母親先到休息室；然後她說她要看父親最後一眼。有人說，就不要看了罷。母親說：

「我要看呀，我要看一看！」

誰也不能拒絕母親憤怒的堅持。於是陳小姐扶母親到靈柩旁，遙遙地在所有人前面，背對著大家。這幅畫面是誰都進不去的，除了有特權的陳小姐。母親哭得彎下了身子。陳小姐輕輕扶起了母親，細心得恰到好處地避開了大家，從一旁轉到休息室去。

家祭開始了。在司儀的指揮下，他們匍匐在地，從裡面一直跪行到語聲哄哄的禮堂。大哥領頭，一步一步，他們卑微地曝露在無數雙眼睛的前面。在看與被看之間，可凡被迫感覺到一種對抗的局勢，他們是刻意被擺弄的劣勢的一方。

這時，除了司儀的口令，就只有大哥嚎嚎的哭聲。可凡忽然從異方位想：這會不會是大哥潛意識的對抗武器？大哥嘗試以哭聲化解尷尬；那麼，在這千古不變的哭聲中，是不是都存在著這掙扎？

而可凡太自以為是，所以不能像大哥那樣放聲痛哭以求化解。他為了免於僵硬形式的沾染，讓自己脫身遠離，於是也同樣遠離了真實情感。

一批一批親友來行禮祭奠，他們以頭碰地答禮。

一個老人，父親的終身老友，獨自一人，蹣跚地步上前向靈堂鞠躬。可凡在抬頭的一瞬，瞥見老人的頭和頸在顫動，完全失去了控制；強烈的情感激動在老人臉上製造出巨大的驚慌。他們叩首致謝，老人向他們彎身回禮，原意是在安慰家屬，卻露出可凡永生難忘的奇異眼光：似乎在哀傷中懇求、孤獨中求助、掙扎中求和。

公祭以後，母親由陳小姐陪著先回家。觀禮的人散去，禮堂除了司儀和孝子孝孫等等，沒有外人。像是為了進一步證實方才歷經的對抗，一種寬鬆自由的舒適感進入可凡心中。

進來一個身披紅袈裟的僧人站在他們前面，面對靈臺，開始誦經。唸誦了幾分鐘，和尚移動腳步，司儀做手勢要他們跟隨著他，向靈堂後面，繞著靈柩走了三匝。司儀在一邊高聲說：

「家人看最後一眼罷！」

這就是蓋棺的時候了。蓋棺之後，就去火葬場，然後……

然後就永遠不能再見父親。在這個思想的逼迫之下，眼淚洶湧地在可凡臉上流淌著。他們在父親周圍圍成一個半圓跪下來。大哥宏大易感的哭聲鼓動著空氣。他們向父親叩最後一個頭；棺蓋合上，響起了敲打螺釘的重響。

一直到這時，可凡才湧出真正忘我的悲痛。而他因此知道，對他來說，真正的哀傷，不是延續不斷或密接無縫的全面含蓋；它是點狀的、驟然爆發的，除此之外的悲情，其實是意志的堅持；自我意識的膨脹。

紅衣僧人手裡執著白布招魂旛，在前引導，步出了靈堂。大哥手扶靈柩，帶淚說著：「爸爸，我們送你上路啊！」僧人嘴裡誦經，左手執旛，右手搖著小銅鈴，叮叮叮，叮叮叮，引領著靈柩上了候在靈堂大門口的靈車。靈車周邊綴滿白菊和黃菊；內部陳舊，車板一道一道刻痕，那是經由多少棺木磨刻出來的痕跡。

親友遠遠散立在靈車四周，靜靜觀看著他們的行列。

靈柩抬上了車，和尚引導他們前往路旁一座焚燒爐，他們要在這裡焚送紙屋、冥紙，還有父親的隨身衣物。陽光熱麗，火一點燃就熾烈燒起來。和尚誦經，叮叮的銅鈴一聲一聲灑進白亮的陽光，毫無痕跡地滅入大氣。藍天廣大而無語。

殯儀社老闆告訴他們可以換下孝服了。他們把臂上釦著的蔴布也取下來，一起投入火中焚燒。依老闆的說法，這就是所謂的「清潔相」了。

火葬場在略遠的另一端。一個大型樂隊在前領著他們。

歐巴桑曾這樣指導他們：

「路上要時時叫著你們爸爸，告訴他你們要到哪裡去。」

這就是為什麼大哥要在車裡一直喃喃說著這句話：

「爸爸，我們都在你身邊，送你上路啊……」

帶淚的低沉嗓門逼進耳鼓；每一個人都垂下頭，讓視線固定在偏遠的角落，以遲鈍的虔敬來緩衝大哥直接而全面的情感傾注。

火葬場是一個橫形大廳，一進去，就聽見轟轟巨響在整個空闊的大廳翻動。有三扇封閉的鐵閘門，門右側掛著一塊白壓克力板，分別用紅筆胡亂寫著時間和人名。中間那塊寫著父親的名字，也標記了時間。鐵閘門前設了香案。入眼的這些，都無意隱藏地洩露著駕輕就熟的不經意和例行公事的懶散。他們把父親的遺像端放在香案正中，司儀指導著行最後一次大禮。轟轟巨響是一股無情的洪流，吞噬了他們。

蓋棺引動的傷痛，幫助了可凡對這巨大感情保持距離。而現在，距離感使他更容易保持冷靜；冷靜淨化了他祭拜的虔敬，而純淨則又讓他更遠離淚水。

大哥的眼淚仍舊是一觸即發，喉頭滾動著哭聲。

鐵門緩緩升起。隆隆的巨響震動了耳膜。一股熱氣從鐵門開處鼓湧而出，撲向他們的顏面身子。龐大沉重鐵門的黯黯無表情、轟隆巨響的不知來自何方、鐵門內部鐵質部分經過無數次高溫鍛燒之後的暗褐色……等等，突然匯聚成一股龐大複雜的感覺。

是非常繁忙、充塞擁擠，又是極空洞、極茫然以至於不能把握的感覺。彷彿都到了決定性的最後關頭，一切反而停頓在不能收縮的擴散狀態。

唯恐遺漏每一個細節，謹遵著司儀的指揮，——像是他們已經失去表達內心的管道，所以司儀的指揮是他們唯一的光明指引、唯一的依附。絕對赤誠、絕對服從，卻猶覺得未盡全力地，他們完成了對父親最後的跪拜大禮。

父親被緩緩推進去。一切再也、再也不能阻止了。

而瞬間表現在每一張臉上的，是立即的放棄；在禁錮之下，被解除武裝的毫無抵抗；徹底的沒有意見。

鐵門徐緩下降，終於全部密合。

於是司儀用安慰、體諒的柔聲說：

「請哪一位來按鈕罷？」

按照禮俗，這是長子或長孫的責任。不知是有意規避還是怎麼的，可凡沒有看清誰按了鈕，總之，陡然之間，轟轟巨聲比剛才響了好幾倍，成為激昂的爆發，增添了呼呼的厲吼。火燄開始了它迫不及待的，貪婪的大吞噬。

每一張臉驚恐木然；眼白佈滿了血絲。

司儀柔聲說：

「好了，各位可以去休息了，等會再來！」

一下子變得有意義起來的工作，是動手收拾香案上的供物，以及諸如以下的瑣事：父親的照片應該怎麼擺、香燭應該怎麼收……都是他們嚴肅討論的中心。

可凡站在一旁。激烈的吼聲在四周捲舔著，嘲弄他是在如何放任那理所當然的放棄：一如醫院醫生理所當然地認定父親這種病是治不好的病那樣，卻又狂霸地不給他一點糾正的機會。

他們終於從大廳出來，步進陽光的披照下。巨響離得遠了，這一帶的空寂（一棟棟宮殿式的禮堂，強調著整齊劃一的寂靜），佔盡了聽覺和視野，把人緊緊吸貼在無邊的地殼上，半寸都縱躍不起來。

然而，當這一片空寂也走盡了，進入了人群散立的所在的時候，禮堂裡的忙亂——忙著收拾鮮花水果、白幛輓聯等等，鮮明生動地呈現在可凡眼前，突然，一種溫暖的入世感直透入他心中，不可思議地很快灌滿了整顆心。

就在這荒誕的溫暖肆意滋生的當口，可凡遇著大衛。叔侄交談起來，可凡問大衛：

「在家裡要待多久呀？」

「下午就要走，因為……」

大衛開始解釋。為了辯解或說服他叔叔，他把理由編得冗長複雜。可凡根本不在聽，他在細細體味他自己心中祕密出現的那小小一片細緻、沁著嫩白、躍躍欲動的明亮。

可凡又問：

「你跟宛茹決定幾時訂婚呀？」

經由可凡的開朗向大衛傳遞過來的，卻不是貼心的關切，而是痛楚的威脅；大衛怯怯地：

「大概再過兩個月罷，……到時候，凡叔一定要來參加！」

「我當然會去，我一定會去！」

大衛覺得，發自叔叔那光亮的開朗，不是別的什麼，簡直就是快樂。大衛有點迷惑，一時說不出話來。

兩個小時以後，他們回到火葬場。殯儀社的歐巴桑在等著。管理員問清了是「哪一家的」，把中間那一扇鐵閘門打開。一蓬熱氣冒出來，像是繞行了好遠好遠一大圈才回到這裡，熱氣顯得十分疲軟；轟轟的機聲繼續在響，也是單調地，慵倦地。

不知是誰，悄悄說著：

「他們講，癌塊是燒不化的，聽說是一塊一塊黑黑硬硬的。等下來看看。」

這冷不防的一句話，把一絲冷颼颼的顫慄帶上可凡的脊背。就在這時，鐵門開口的黑褐深處，慢慢向外送出那台擔架。所有朝向那個方位的注視，集中投出密切的好奇。鋼床上鋪著薄薄一層淡褐色的灰燼。床頭凸起一個半圓體；床側有一長條扭曲的殘餘。

「這是手杖。」突然有人冒出這句話，驚恐終於壓不住尖銳殘忍的好奇，——彷彿劍尖刺穿蒙罩著它的布幕。

沒有人說那半圓體是什麼。

他們是在檢查某種試驗的結果，——這個念頭詭異地閃過可凡腦際，也似乎通過每一個人的思想：因為好奇的眼都忽然逃犯一般迅速轉開。沒有人說話。可凡細密地從頭看到尾，也突然明白了自己祕密的企圖，於是讓眼睛落荒而逃。

歐巴桑示意他們動手撿骨灰。

撿骨灰規矩是由至親來做的——或至少要在一旁看視（因為主要工作人仍是歐巴桑）。——這件事足以把你逼進行動的盡頭；情感的極限，讓你精神肉體全部枯竭，——是這樣一種殘酷的榨取。

大哥沒有動手；臉在一層繃緊的虔敬掩蓋之下。可凡垂手木然站立一旁。

積極的是大衛。他手裡執著一雙長竹筷（的確是筷子），勤快地一塊一塊撿起來往大理石骨灰罈放，不時用筷子扒動，分辨骨灰和其他灰燼。但是肉眼的分辨是不可靠的，你不能確定撿進罈裡的一定是骨灰；而被捨棄的卻又極可能是。

骨灰罈漸滿，歐巴桑雙手捧起了那半圓體，輕輕放在最上面，圓圓地凸了出來。歐巴桑熟練地端起罈蓋合了上去，這當然是蓋不密的。她聳起肩，兩手壓住罈蓋，用力捺了下去，只聽得劈啪一聲響，蓋子蓋下去了。

沉默著的每一張臉，原來都朝這個方向凝望，一剎時蒼白起來，佈滿一種誇張的、放大的不在意；凝視的眼睛渙散了，慌張地避了開去，也互相躲避著。

歐巴桑仔細檢查了一下蓋子，交代了一句話：

「等涼透了，用膠紙把蓋縫貼起來罷！」

大哥敬謹地答應著；被震碎了的神智四散在外，他還沒有回過神來。

大衛雙手把骨灰罈捧在胸前；大哥捧著父親照片，走出火葬場，進入此刻越發豔麗的午陽下。耀目的陽光照得人光赤赤的，一張張臉被剝削得乾乾淨淨；一個個彷彿被洗劫一空似地。照排定的時程，現在是午飯休息的時間；接下來就要把父親的骨灰恭送到佛殿去供奉。

透過一位親戚的幫忙，他們借到一處公家機關的會議廳，作為大家午餐休息的地方。親友先他們到了這裡。大廳開了空調，在恰到好處的氣溫下，雖然長桌兩旁坐滿了人，大家是悠閒舒適的。

不僅如此，他們是快樂的。可凡一進來就「看見」了他們的快樂。有一點點格局在限制著，然而那快樂卻因而比正常的快樂更加特殊。

一筐一筐的便當送來了。負責採購便當的老王忙碌起來，這是他的大事。可凡上去幫忙發便當。

老王一個勁說：

「還有飲料，還有飲料，每人一盒，每人一盒！」

有人便當一到手就打開來吃，稱讚便當內容豐富。

「便宜，便宜，一個才五十塊！」老王說。

有人接下便當卻隨手往旁一擺，久久不去碰觸。可凡銳眼盯住這不吃便當的人。他們——他覺得——有一種不可親的冷峻。不過，他們終究還是吃便當了，可凡心頭一寬；可是他發覺這些人的敵意依舊存在，他們故意輕忽便當，以便一雙冷眼從旁檢驗家屬在大喪中的表現。

大廳洋溢著炸雞的香氣；語聲逐漸含糊。可凡很快吃完了他的份。混雜在吃飯的洪流中，沒有人會注意他旺盛胃口的。他四處游走，見著人總不忘懇切地問一句：

「拿到便當了嗎？」

可凡屈從著一直霸佔在他心裡，挑動他再吃一個便當的放縱的欲望。他來回走動的模糊企圖，就是找藉口再吃一份。

然後，是小亞叫住了他。

「爸，你過來！」小亞指指面前的飯盒：「我吃不下了。」

心中有那麼強烈的衝動要去拿過來吃掉，卻以這句話回答了白敏的建議——她說，你就把它吃了罷——：

「不，我，我也吃不下了！」

奇怪的是，原先受到慫恿，蠢動在心的種種欲望都因為他的拒絕潰然消逝。口腹之慾的放縱變成一堆陳腐卑微的殘餘，被遺棄在陰暗的角落。失去了游走的誘因，他在椅子上坐下來；取而代之的動作，是聚精會神靜靜地留意大哥的舉動。

吸引可凡去注意大哥的，是大哥居然沒有碰他的便當；他似乎全然沒有了平日美食家的胃口。他把他整個自己淋漓盡致地表現出來，——全部滿溢在外面。他讓人覺得，這一路行來，他周到地照顧了局部，又兼顧了全面，而這些在他，都不過是區區小場面罷了。

慢慢地，這揮灑自如的輕鬆隨意，終於發展成龐大的自滿。大哥站了起來，對著全廳，開始說話：

「今天我趁這個機會，向各位簡單報告一下家父生病的經過。家父病情的嚴重，我們當然是老早就知道了的，我們一直瞞著他老人家。發病是在去年……」

不是「簡單報告」，是詳盡入微的細節描述。他越來越像是在演講：以傷痛新癒的平和自抑開始，然後向高處攀升，終於迷失在語言的大叢林中。他足足講了二十幾分鐘才盡興。

午間飯後的睏倦，首先從某人的呵欠開始，迅速擴散到大部分人身上；大廳裡嗡嗡話語聲沉入一片含混。

有人在發話，來自一位長者：

「可逸，你不時出差到國外，見聞一定不少，能不能講些給我們聽聽呀……」

於是大哥又開始了另一場演講；可凡不知道他講了多久，只看見精神逐漸渙散的聽眾在打呵欠，在閉目養神。大哥終於講完，響起了零星的掌聲，像是餘興節目表演完了，總得有人鼓掌。他恍惚聽見有人在叫他的名字，轟轟地鼓動他起來說話，迷迷糊糊中，他聽不清楚。他只記得那氣氛越來越像餘興節目的表演，而由於他什麼表演也不會，只好堅決推辭了；可是，不知怎麼，他自己聽去，他自以為嚴肅的拒絕，倒有點像幼稚的賭氣。

嗡嗡的話語越發模糊，全然分辨不清了。一塊鉛一般重的烏雲，從四面八方罩向可凡，終於遮斷了光的來源。四周一片沉黑。

也不過就是一個要動身去哪裡的念頭吧，卻被雕琢得那樣精細清楚，不可理喻的倔強，——是這樣一個讓他疼痛的念頭盤踞在心。痛楚來自於他的決心竟跟那念頭一樣清楚頑固。因此他不得不積極進行這件事：動身！動身！而且從頭開始！

但是這時竟然找不到他要的東西。他焦急地找尋失落了的東西：衣服、鞋襪或什麼的，總之，找不到這些他簡直不能前進，——不能動身。於是，找尋失去的東西成為焦慮的中心，比動身這頑固的念頭更緊要。

然後，忽然莫名其妙他就站在進退兩難的關口：也許始於一幅圖畫；也許始於一個故事的中段。總之，現在出現的是一座精巧晃搖的吊橋。橋中央龐立著一隻暴怒的怪物。在牠身後，橋的彼端，靛青的天空無聲地燃燒著一片晚霞或晨曦。怪物忽而大忽而小；忽而展忽而縮。縮小時，整個牠凝結成無瑕的雲白；展大時，腹部湧現鮮麗的橙黃。暴怒的臉擁塞堆擠，鬍髭麻密。像一張貓臉；原來怪物是——確定是——一隻巨貓，牠左爪緊緊鉤扒著一隻黑黑的什麼——也是一隻貓，不住哀鳴。巨貓不時甩動這被抓的黑貓，不時低頭去啃噬；牠的利牙一近，便有哀號傳出來。忽然，有一剎那，痛楚就在可凡自己身上，那黑貓便是他自己；忽而，黑貓仍是黑貓，與他是無關的。積極在設法對抗瘋狂的怪貓（這設法的人又是可凡，思想也是他的）。應該不顧一切用手去抵抗，而這法子必然的結果便是失去手臂或一部分肢體。然後，突然想到火攻的辦法。奮力去掏打火機（用了就丟的打火機），他以局外人的陌生眼睛看他自己掏打火機的動作。透明藍的打火機，貼了一張裸女照。啪一聲火著了，向巨貓逼去，砰然巨響，燒著了，燒著了，巨貓狂怒地騰入空中，一剎時化為灰燼。

畫面扭曲一團，消失了，只有裡裡外外一片喧嘩在延續著，簡直分辨不清那轟然響著的是激情的歡呼、是傷痛的哀號；還是什麼也不是，只是一片迷濛混沌，隆隆地向某個幽冥不可知的遠方遁去。

一個大嗓門，帶出一聲巨吼，震動了內外：

「老太太來囉，我們該動身了！」

大廳騷動起來。可凡茫然站起身、茫然跟著送葬的人群，魚貫走出大廳。被依舊炙熱的午後白陽乍然一照，他眼睛都睜不開。

有一刻，他幾乎不像是葬禮的主角；他是旁觀者，——一個尾隨這一群吵雜而為了莫名其妙的理由有點歡樂的送葬行列的旁觀者。

四

可凡把車開上佛殿的廣場；在進入停車位之前，先旁靠在路邊。坐在後座的白敏下了車；小亞跟著牽了小東下來。白敏繞到前面，開了車門，扶著母親，幫她雙腳跨出車門，再緩緩挪出身子。母親扶著車身站直了，四周環視一下，兩眼半感嘆、半快樂地微瞇著：是讓可凡放心的熟悉表情。母親偏過臉來，伸手向旁邊的小亞招了招，說：

「小亞，來，來！」

疼得帶點兇的口氣。小亞走上幾步，奶奶牽起了他的手，——好像拾起了她全部自信，快步走起來，全然沒有她獨步時的蹣跚。小亞比他奶奶高，以前是「可疑」的高，如今則是理直氣壯、綽有餘裕的高。白敏趕上去說：

「奶奶，不要走那麼快。」

「我曉得，我歪，我歪！」

「歪」是他們家鄉話「會」的意思。白敏聽母親的鄉音沒有難處，再多幾句她也懂，因為母親自從兩年前中風之後，就只會講家鄉話了。白敏隨後拉起小東的手，隔著車窗，冷冷地：

「奶奶上完廁所，我帶她去走走。」

可凡說：

「你們去走吧，我在車上等。」

這幾天他不是沒有努力醞釀情緒來修補他跟白敏之間這一陣的裂痕；尤其出門之前，他們不約而同朝往日星期天帶母親出來兜風的行程安排時，他更一度熱絡起來；這時白敏冷硬的口吻，在他腦子裡勾畫出她緊抿嘴唇的不妥協，因此用不著實際看她的臉，他就情不自禁回歸強硬。不過，這究竟還是他求和的掙扎；他藉彎身旋開收音機的機會，避開了洩密的尷尬。他旋到慣聽的一個音樂臺，卻不知道自己在聽什麼。

白敏牽著小東，向母親和小亞走過去。小東跨著步子緊緊跟著他媽媽的稚拙，向可凡送來一股暖意。這簡直是複製的畫面，小亞小時候不也跟眼前的小東一樣？一下子他就竄得這麼老高了。看看祖孫這一對，奶奶緊緊拉著孫子的手；孫子的手指卻鬆鬆地向外翻著，可凡那麼清楚地看到這一點。這就是成長嗎？

母雞帶小公雞。

白敏不是牽著小東的手，而是抓著小東的小胖臂膀；為了遷就小東，她微側著上身，所以她的整個背影就是歪斜的，很吃力的樣子。白襯衫也繃得緊了起來，隱隱約約印出背上那一根更白的横帶子。灰窄裙也因為歪著身子，拉向腰身的拉鍊也斜著；沒有絲襪護著的小腿，在跨步的時候，便任性呈現著一會兒鬆，一會兒緊的肌肉。

無論從哪個角度看去，這些都依稀動人，絕不是她的缺點。但這全盤中性的呈現，像是她刻意強迫可凡立刻做出要嘛投降式的接受，要嘛宣戰式的拒絕，——這零和的遊戲、無旋迴的面對，才是可凡不由自主要閃避的。不過她的背影的確形成一種奇怪的狹窄，彷彿她被一股逆向的力道驅逼著，整個人越擠越淮去，而他就是不能拉她一把，因為那是後果難測的冒險。

母子這一對很快趕上了祖孫這一對。白敏側頭跟小亞說了些什麼，小亞答應著；距離遠了，聽不見他們說什麼，何況收音機裡正接二連三播放著擾人的廣告。

可凡把車子開進廣場。稀稀落落幾輛轎車停在車格裡。他越過了停車位，緩緩滑向柵欄邊。停車場依山而建，柵欄之下，是一個大山坡，居高臨下，視界好的時候，可以看清大半個市區；像今天這樣灰濛濛的天氣，放眼也只能看見山腳下錯落的鐵皮屋頂。

其實沒有什麼了不得的爭執，沒有。可是，突然之間，兩人就敵對起來，而且，在同一瞬採取了同樣的行動。奇怪的是，敵對竟然來自於某種幸福感，雖然那幸福感發生得也莫名其妙。比較具體而準確的狀況是，那一大——是個星期天吧——的平淡無奇被更誇張地感受到；他乏善可陳地坐在客廳沙發上，而白敏就在這時衣著整齊，從房裡出來，向他微笑著說了一句好像是「我出去一下」的話，其實說什麼並不重要；剎那間感動他的是她微笑中那異樣的關愛，關愛中一點專制，探伸過來毫無忌憚地管束他。就是這關愛和專制的微妙混合，燙過他全身，讓坐在沙發上的他非常舒服、非常溫暖，非常甘願於這平凡，——一種龐大無極的幸福。

然後，這畸形膨脹的幸福便命定會疲軟下來，撞上永恆隱藏著，鈍鈍滾進的那股固執的力量，——它赤裸裸向你揭示激越外殼內的無理和蒼白。他預見了對撞的危險，而且知道白敏也看見那險境，然而兩人都不由自主被拉扯著撞向那鈍鈍的原始力量。

所以，當那天白敏突然跟他說：

「我們去坐公車好不好？只要出去轉一轉，轉一轉……」

儘管每一個字都承載了一個興奮，卻那麼明白地，每一個字都是一個空殼子；身陷危機的他汗毛直豎，卻被魔纏著答不上話來。

「怎麼？你不想去是不是？你不想去是不是？」

她盲目反擊著，——她固然把扯他們相撞的險境看得那樣清楚，卻跟可凡一樣被魔纏著不能、不願去阻止，只有玉石俱焚地湧身一躍：

「我不去了！我——不——去——了！」

於是全面撞擊。接著唿喇一聲，一張網撒向了虛空，拋出兩顆脫軌的、各奔東西的星球。然後便開始他們之間永遠重複著的循環。先是出現逐漸脫離那原始力量的共同感覺；其後是有點複雜、有點尷尬的期待……而忽然之間，「寬大」毫無痕跡地回到他心中，彷彿從黑暗的極窄，回歸到亮麗的極寬；展眼望去，一片榮景。他、她，謹慎地一步一步向前踩探；一步一步端正方向，終於水乳交溶地大收網。

白敏貼近車窗，冷冷面向他，是這次輪迴中，大榮景前的第一株小草。不是那句冷冷的話，是她控制不住的一道眼神。那道搜尋的眼神透露的也不是屈服，是越發堅強的抗拒；然而，不知怎的，他就這樣看見了那株小草。

收音機還在嘰嘰喳喳播放廣告。他關掉收音機，開門下車。扶著柵欄遠眺，霧靄沉沉的午後天氣，一開頭只約略看見海港中幾艘船，漸漸由近而遠，房舍建築掙扎著，現出大致輪廓，遠處高樓的挺拔把近處鐵皮屋頂的雜亂，襯得就像是沉澱下來的渣滓。

可凡宛如置身夢境，卻用一雙清醒局外人的眼睛觀看前面風起雲湧的變幻，極度真實又極不真實，——而這都因為他又一度犯了以前的錯，要積極介入去精確辨認的緣故。於是他急速撤腿，讓一切繼續模糊。

他回首找尋白敏他們四個人：他們正真實地慢慢走向大雄寶殿。在宏偉的大殿堂前，他們的身影纖小脆弱，正在被吞沒而不自覺。他以為他們至少有誰會回頭來投給他一眼，可是瞬間他們就沒入大殿裡去了。他有點失望。不過，這才合乎真實。因此他承認自己方才暗中期望回頭的那個人是白敏；也確定他從她的不妥協認出的妥協是肯定的，只是他還不知道怎樣下手撥開眼下的蕪雜，邁步往前。是不知道，還是，竟然是他還不願意？

如果願意，他就應該前去跟他們會合。沒有。

他回到車上，關上車門，習慣地打開收音機。

以為又是盈耳的廣告。寂然無聲。伸手探觸：電門是開著的。

忽然，從無限遠處、從地心，蜿蜒伸過來一絲顫動的銀線，溶解了肢體上所有的抵抗，進入血液的濃稠，靈魂的深底，然後婉然一個旋迴，又甜美地舞回到來處，似乎要隱入無限，但是它把憐惜、不捨，付託給一道長長的凝視，向他以及屬於他這一邊的整個世界投過來。漸漸歸向全然的寂靜。

那一串弦音溫暖地、驚起你全部注意力地游動著一絲似有若無的熟悉；那熟悉待要正面游過來，一切就要真相大白的時候，一扭腰身，滑向了另一個方向，一掃隱匿的姿態，堂堂皇皇而細細緻緻地潛心營造出它自己富足的天地。但是那熟悉著實令人苦惱，勾住了他全身的神經。

這弦音跟什麼這樣相似、這樣甜柔富饒，卻又急急地要離去——去證明它自己呢？

弦音沒入肅穆，好久好久，響起了話聲，是聽習慣了的那位主持人的低沉胸音：

「……經常收聽我們這個節目的聽眾，都知道我們是以介紹西洋古典音樂為主的廣播節目。可是，今天我要恭請這些古典大師們休息一天，讓位給我們自己的一位年輕新進音樂家。

「我這樣做或許有點冒昧，不過，細心聽過剛才那一段小提琴的聽眾，應該都會同意我破格的做法的。」

停了一會，他繼續說：

「半年以前，一場音樂會發表了這位音樂家的這首曲子，當下立即獲得毫無保留的一致好評。不過那一場發表會作曲者本人並沒有出席，以後也沒有人知道他是『何方神聖』。」

主持人好像抑捺不住，終於發出一聲聽得很清楚的低沉輕笑。

「那天我是在場的；對於這首曲子，我只能用『驚人』這兩個字來形容，——包括它感人的程度。我要求訪問這位作曲家，怪的是即使音樂會的贊助人都不知道如何去聯絡他。唯一可以確定的是，這位神祕人物是位女性，這首曲子是她第一首作品，也是到目前為止，唯一的作品。

「音樂會主辦人告訴我，作曲者只把樂譜寄給了他，連封信都沒有。他根據來信地址，寫了一封懇切的信過去，沒有回音。按常情，主辦人能這樣做也儘夠了，樂譜因而被丟進垃圾桶，也無可厚非。然而我們這位主辦人是個真正有心人，他不但沒有隨手扔掉樂譜，反倒細心來回讀了好幾遍，這才發現他遇到了一位真正有才華的作曲家。於是自作主張，找了一位小提琴家，一位鋼琴家，一位女高音，排練起來，就在那次音樂會把曲子首演了。

「我要訪問作曲家的心越來越強烈。多虧我多年新聞記者的歷練，養成了我打破砂鍋問到底的精神，終於被我找到了線索。說簡單不簡單，倒還真費了我一點心血，——這就不去說他了，算是我個人的祕密吧。

「終於，我不但見到了這位作曲者本人，還榮幸地請她進了我們電臺錄音室。現在，坐在我旁邊的就是這位神祕的音樂家。」

主持人沉默了一會；聽見窸窣響聲，是在調整坐姿，還是在刻意製造懸疑？

「歡迎您，汪黛柳小姐，歡迎您到我們節目裡來！好不容易，好不容易啊！」

主持人低沉的男中音情不自禁地沾上了一點親切調侃的意味，——不知什麼原因。

一聲長長的呼吸之後，先是遲疑地試探著，接著就直率地說起來，像是說話的人正用一雙炯炯的眼神，坦誠地望向虛空中的所有聽眾：

「真有……真有那麼難嗎？我只不過是有點緊張……太緊張吧？」

「緊張得丟了樂譜就跑嗎？——不是因為我吧？」

「哦，不，您很有禮貌，在我的信箱裡留下您的名片，您的照片，還有您什麼時候會在樓下。」

同時響起了笑聲。

「這證明我還不算是壞人。真是很有意思的一段經驗！」主持人笑著說：「汪小姐，既然您還沒有被我嚇跑，那就不妨多談談。當然我是要請教您那首一鳴驚人的處女作的，不過，能不能先告訴我們聽眾，您是怎樣開始學作曲的，好嗎？」

突然，那種刺心的酸痛；突然，那麼深的恐怖；那麼深的淒涼。孤懸斷崖的絕望。

那聲音開始說：

「作曲嗎？其實我什麼也不懂呀。」

越陷越深的恐懼和淒涼。

她停聲，沉默了好一陣，然後爽淨地：

「我只是喜歡古典音樂，開始是盲目地聽，漸漸地有些瘋狂……」

她又停下來，是尷尬還是羞澀？主持人柔聲鼓勵著：

「喜歡古典音樂，當然！這個節目的聽眾，誰不喜歡古典音樂？您能不能說說，您是怎麼跟古典音樂墜入情網的？能讓聽眾朋友分享您的經驗嗎？」

但是這似乎更難住了她。低沉的男中音轉變成快樂的果斷：

「譬如說，您先從誰的音樂入手？誰是您最喜歡的作曲家？」

空氣中流動著主持人誠懇的期待；反應是立即的；先是從她那邊，傳送著逼人的沉默，像是黑暗中直射的光束：

「沒有先後的問題；也沒有最喜歡的問題。剛才我說，一開頭我是散漫的，盲目的，雖然『瘋狂』也的確是實情。我媽常說我是個會拚命的瘋丫頭。」

她很不自然地急促笑了一聲，想要掩飾自己開了一個不適時的玩笑似地。

主持人很認真地說：

「其實，我想我也看出來了。」

全身汗毛都豎立了起來。……我決定了的事，我就會拚命去做……突然浮起在心中的那句話，現在是用真實的聲音，一個字一個字準確地被實踐著，從收音機傳出來。恐怖極了。

「……我想要去做的事，我就會拚命去做。」

彷彿為了向他證明那不是幻覺，那聲音出奇清澈地繼續說：

「但是那一年我生命中出現了一個人，把我的瘋狂收拾了一下，這個人是拉哈曼尼諾夫。他把我的散漫凝結起來，讓我醒覺，專注地進入了音樂。很奇怪的是，拉哈曼尼諾夫成功地整合了我，卻毀了他自己。我從開頭的極喜歡他，到不怎麼喜歡他，到最後批評他。」

她靜了下來。不等主持人敦促，又繼續往下說，那聲音變得極細密，毫無顆粒：

「我建立了自己的標準，透過我自以為是的標準，我隨口論斷，這算是我的狂妄期吧，然後，」

又是一頓：

「然後，我就問我自己：我這個人到底怎麼了？我就這樣跑不出去了嗎？我快完蛋了？這是不是就是所謂的絕望？」

絕望，是的，絕望。跑向走廊的那一頭，跑向一個記不起面貌的人的絕望。暴雨傾盆，跑向同一個那一頭，一個濕透的紫衣人的絕望。

「是，我這就要告訴您是誰伸了援手給我；其實他老人家一直暗中扶持我，我當作是理所當然，不自覺罷了。我那時在一家神學院工作。這位老人家，一位老神父，見我——怎麼說呢

——像無頭蒼蠅一樣罷，整天聽唱片，整天讀譜，花光了薪水買唱片和樂譜。他就說，你要不要證明一下你除了熱情以外，還有別的呢？我好驚奇，問他，神父，您不是告訴我沒有熱情這東西嗎？怎麼現在您跟我提這兩個字？老神父說，孩子——孩子，他一直這樣叫我的——，我只是不喜歡這兩個字被濫用；它當然是在的，在你心裡，是一切的開路先鋒。所以，是他老人家給我介紹了音樂老師；所以，我又糊裡糊塗地混到了今天。」

「怎麼能說糊裡糊塗呢？您不是證明了您自己嗎？這位老神父真是位了不起的老人家，他看見了您的靈魂。」

「誰說不是？」彷彿她仰起頭，兩眼亮異地直視著主持人；兩道眉那麼長、那麼深地向下彎。可是，忽然兩眼暗了下來似地：「可惜他不在了。」

長久，長久沒有聲音。

「那麼，」主持人在世故極深的適度沉默後，又響起了他低沉有迴音的男中音：「汪小姐，您又是怎麼開始寫這首『夜的告白』呢？」

她好像不是在回答他的問題，而是在繼續她先前的思維，因為她沉潛在那麼深的深處：

「是因為理卡・史卓斯的緣故。我剛剛說我自己有一張不知天高地厚的名單，『理卡』不在頂前面。他的音樂的美，有他自己的體質，我不是頂喜歡。一直到我聽了他那四首最後的歌，逼得我對他重新評價，……」

「呵，是的，是的。」主持人也興奮起來：「我前幾天才把當今幾位女高音唱的這幾首歌作了一個比較，……也許這會是我下次節目裡的主題……」

她好奇地：

「有沒有包括露西亞・帕普？」

「怎麼能沒有她？」

「我的天，Lucia Popp！」她禁不住用原文重新說了這個名字：「那是一段瘋狂的日子，聽『最後四首歌』是我每天、每天的功課，尤其是那首……」

她唸了一串外文。

主持人適時從旁補充：

「汪小姐說的是第三首，翻成中文應該是『安睡吧』？」

「抱歉，我說溜了嘴。」尷尬地住了聲。

主持人機警地接下話題：

「這也是我最喜歡的一首。很多樂評家都認為理查・史特勞斯——哦，理卡・史卓斯——在寫這四首最後的歌的時候，藝術成就達到了最高峰。他在八十四歲的高齡還有這樣的創作力，真了不起！」

主持人世故的透視力，是有撫慰作用的。

正如她一樣，一眼就看盡了全部的冷淡。……看我為你準備了些什麼……妳也喝酒……特為你準備的……

也一如禱告之後，力量重新回到她身上，她燦爛地繼續她的思維：

「……我簡直不能想像，一個人可以透過音符，把感情表達得那樣深刻、那樣透徹、那樣完整。啊，那一段小提琴！那一段迷惑我、迷戀我的小提琴……」

是的，是的，原來熟悉感來自這裡。可是，可是，她跟理卡・史卓斯又是什麼樣的組合！這發生在什麼時候，發生在什麼時候？怎麼，怎麼離得那麼遠？

「不知從哪時起，我開始不停問我自己：我能寫出同樣的音樂嗎？同樣優雅、同樣甜美、同樣安詳、同樣寬大諒解、同樣無邪又有教養？這個問題整天盤繞在我腦中。有一天，我終於坐下來，我寫下了第一個音符，——這可是一個痛徹心肺的音符。我立即擲筆，我跟我自己說，你不是在寫你自己，你是在抄譜，抄老理卡的譜。照這樣玩弄音符，你可以寫一百首，一千首，沒有一首會感動你自己。你是在模仿，哦，我的天，更甚於模仿，因為你連情感也在抄襲了。」

她不得不停下來，為了勒緊她自己。主持人機警而同情地沉默著。

「問題在我不能抄襲情感。況且，我……我在那時那樣一種狀況，就算我夠低劣了；要抄襲老理卡也是抄襲不來的吧？」

她短促地笑了一聲，掩飾什麼，反倒越發坦白起來：

「大家都知道理卡‧史卓斯的『安睡吧』，是把赫塞一首詩譜成曲。赫塞的詩我讀過一些。後來，我讀到另外一位德國詩人的詩，這個人，加上德奧這些音樂大師們，讓我發狠苦修了一年德文；回過頭去讀原文，依然一知半解，似懂而完全不懂，我只好還是參考中譯。不過，」

她不知為什麼笑了起來：

「不過，有人說那中文譯得很彆扭。」

……說啊，說啊，說是誰講的！說啊……

「這首詩是荀白格『昇華之夜』的源頭，也是，——讓我自我陶醉一下吧，——也是觸發我寫『夜的告白』的動力。但是，把我置入異境的，不是荀白格，是理卡‧史卓斯。荀白格給我一個模糊混亂的巨大體，我在裡面迷失了；理卡證實了那巨大體的存在，把它具體化了，我看清了它的面貌；然而老理卡的溫柔完美太強勢了，當我想著要去捕捉它的時候，我自己反而被理卡捕捉了，我的每一個動機都被他主宰；也就是我剛才說的，我寫下的每一個音符都是老理卡的直接化身。我撕了再寫，寫了再撕。我想我不過是個蠢才，寫什麼音樂呢？

「現在，我現在要告訴您，我做了什麼事……」

……我現在告訴你我做了什麼傻事……我想要曉得在別人身上的高雅，在自己身上會引起什麼反應……眼睛睜得又大又亮……

「您知道，理卡・史卓斯這首歌是由女聲開始的，中段便引進了那令人著迷的小提琴。我完全被迷惑了，不由自主地跟著這模式走。我的音樂本能警告我這樣做的危險性：這是太過標準的抄襲了。但我太被震懾，不能自拔；兜著兜著，總兜不出圈子，我簡直要絕望了。

「接下來就是那個有月亮的晚上我做的事。我打開窗戶，讓半夜的月光全部照上我的書桌，只開著案頭的小檯燈；我攤開詩稿，唸著：『溺於罪愆，我與你同行，哀傷地我犯了罪……』，寫下了我的第一節，寫的不是女聲，而是小提琴部分，也就是我以小提琴作為開始。這是我對理卡的大反叛，卻給了我好大好大的安慰；我大步大步往前走，把我自己一步一步帶向前。雖然老理卡的蠱惑仍然存在，就像兜頭籠罩著我的藍色月光，但是我覺得也許真的我在說我自己的話了。」

她發出長長一聲喘氣。主持人也沒有話語傳出來。低沉的男中音是在好久——總有十幾秒吧——之後，才充滿感情地說著：

「真是叫人感動的創作經驗。是的，理卡・史卓斯的影子是在的，但那的確是您自己的聲音。我記得拉威爾說過一句話：我藉由模仿而創作。可見天才是一致的。」

……但是，她好遙遠、好遙遠……你站在那裡，又高又遠，你好陌生……好像……我們根本沒有關聯，什麼也沒有發生。……那是感覺上的陌生，是被隱藏的恐慌編織出來的陌生，是有自私企圖的誇大恐慌，是可卑的。而此刻的遙遠——理卡・史卓斯、Beim Shlafengehen、Lucia Popp等等的綜合——是她不自覺的遙遠，高高在上，俯視大眾。她在奔馳的車上，狂熱地、苦惱地、孤獨地營造著；然後乍然就掙脫了內裡的、外在的一切擾攘，寂然無聲地聳然飛昇，剎那間就這樣靜悄悄高懸在夜空，豐美如可見不可及的皎潔滿月……

「我『曬』了一夜的月亮。」她說；現實得那麼可怕：「可是我倒是完成了大部分工作

——最困難的部分。」

「也就是說，您逆向而行，走出了您自己。」

「是嗎？真是我自己嗎？我一直覺得老理卡在一旁虎視眈眈，很恐怖的感覺。」

「恐怖得要丟下樂譜就跑？」主持人忘不了先前的打趣。有什麼讓他覺得她特別好玩的地方嗎？

「喔，是的，是的！」她似乎在回想著；似乎以手托腮，細長兩眉向下微彎：「老實說好了，我還為這首歌寫了管弦樂的配樂，用上了兩把法國號；可是，我從來沒學過法國號呀，這是特別讓我感覺老理卡恐怖的地方。」

她又想了一下，於是毫不隱諱地接著說下去：

「管弦樂的配樂才是真正讓我羞愧的原因：膚淺、一無是處。我開始進一步覺得我不是一塊料，我只寫了這麼一首歌，便枯乾了，——也許我以後再也不會提筆。」

「那就會是我們大家的損失！」主持人認真地說。

靜默一會，再度傳出來的，是她有點詭譎、調皮的聲音：

「也讓我請教您一個問題好不好？」

「您客氣，請說。」

「能不能告訴我您對我這首歌的感覺？——當然，您也可以不必回答我的問題。」

「哦，我不會迴避您的問題。」主持人誠懇地說：「坦白說，我正想告訴您呢。」

他整理著思緒，然後一字一句慎重地：

「剛才您提到怎樣創作您的歌，我在心裡已經在把您的『夜的告白』和理卡・史卓斯的『安睡吧』作了一個比較。我把我的比較當作給您的答覆，可以嗎？」

無聲；顯然這是她緊張的同意，因為主持人緊跟著往下說：

「理卡在『安睡吧』保留了他的『體質』，卻毫無火氣。你聽到雕琢的精美，卻不見雕琢的痕跡。大風大浪遠遠拋在凌厲的視覺之外，而記憶圓潤地保留了它的完整。神來之筆的小提琴娓娓地把一切遠遠地送向成熟的容忍、甜美的祥和寧靜。

「『夜的告白』，卻是以小提琴的顫音抽絲剝繭把過往的驚濤駭浪帶到眼前，輝煌地展覽出來；那幾段是極有說服力、極感人的陳述。我認識的幾位樂評家都說那幾節寫得近於完美。接著而來的女聲部分，我聽見掙扎，聽見一種年輕的熱情……」

插進來的是她輕聲的「修正」：

「我剛說過，我對所謂『熱情』是存疑的。我寧可說這是我跟音樂本身的痛苦掙扎……」

她的「修正」立刻被接受了：

「我同意。您在跟理卡・史卓斯掙扎；跟荀白格掙扎。」

「人家是左右逢源，我是腹背受敵。」

「然後是感情豐沛的癒合，光芒四射的結束；您透過理卡‧史卓斯和荀白格，獨立自主地站出來了……不，不！我還是要說那是熱情，我不信那不是熱情。」

「熱情嗎？哦，熱情！……不，我不過是照著原詩的訴求做吧。我不成熟，我還不夠成熟，差遠了。」她淡淡地說。

主持人低沉的嗓音突然帶著一點調侃，彷彿在回應那一對彎彎長眉下，向他投去的炯炯眼神：

「假如您一定要這樣想，我只能說，汪小姐，您現今還不是八十四歲的老人吧？」

兩人同聲一笑；一下子都鬆弛下來的樣子。

主持人不知從身旁的她哪一部分得到了鼓勵，世故的謹慎加上一些明顯的寵愛，因而嗓音格外和胸音共鳴起來：

「汪小姐，我有一個私人問題，這想必也是聽眾朋友想知道的，就怕問得不恰當。」然而他很快直截了當接了下去：「我猜，汪黛柳或許不是您的本名吧？能告訴聽眾朋友您的真實名字嗎？——您當然也可以不回答的！」

她猶豫了一下：

「我本來就是 nobody，現在是，將來也必然是。告不告訴您本名，一點不重要，沒關係，——」

這時一定又有一道詭譎調皮的眼光射向主持人：

「我中文名字的英文縮寫是Y. W.。有人叫我Y・W。」

她住了嘴，再也不往下說。

主持人唸了又唸：

「Y・W，Y・W？Y・W——汪，黛柳？」一笑：「您回答了我的問題，也沒有回答我的問題。好，謝謝您接受我們的訪問。希望能在本節目再度訪問到您——在您發表第二首作品的時候！

「接下來，一段廣告之後，讓我給各位幾分鐘時間沉澱一下，整理一下心情，聆聽完整的『夜的告白』。聽了剛才訪問內容的聽眾朋友都知道，這是作曲家汪黛柳小姐的處女作，始於模仿，而以驚人的獨創，向靈魂深處探索。值得我們細細欣賞。」

於是忽然間，所有的聲音——男中音的、她的——都寂滅了；留不住，抓不著，在大氣中蒸發了。

就像一個巨浪迎面撲擊而來，把你徹底打沉到深海底，漆黑無光，從此什麼、什麼都沒有了。

白敏牽著小東，跟在母親和小亞祖孫兩人後面，從大殿的那頭繞回到停車場。晃然間沒見著自己的車子，她立住腳，張望了一回。小亞指著一邊說：

「那邊，爸在那邊！」

可凡為了要靠近柵欄，停在停車格之外，因此也超出了白敏循規蹈矩的理解範圍。小亞指出了方向，她邁步上前，彎下腰敲敲半開的車窗：

「怎麼停在這裡？找都找不到！」

然後，她就猛然看見從方向盤上抬起頭來的可凡。她剎那間以為他們——她跟可凡——依舊在最壞的狀況，而不是早先她漸漸感覺到他們已經在一張收攏的網上，收向一個圓滿點；再往深裡看去，她確定那是對他眉頭兩道皺紋的錯覺：想必是方才他上額抵住方向盤壓出來的摺痕。他其實看上去是那樣無助、那樣孤獨，彷彿因為被他們遺棄了，獨自去面對那一片茫茫斜崖。他是完全沒有敵意的。

從深度迷惑中警覺的可凡，對於白敏臉上線條的格外明確，先是持以戒心，以為她看清了、聽全了所有一切，為了鄙夷；或者只是為了劃清界線，她才把臉部線條那樣誇張表現出來。但是可凡跟白敏一樣誤判了；第二眼，可凡就察覺她強烈的線條中有極細微、刻意掩飾的擔心。在她說：怎麼停在這裡？找都找不到！雖然前句少了「你」，後句少了「我」，表示著：距離還在這裡，不要以為我讓步了；但是可凡感應了她微妙的變化：從她身上每一部分發散出來的變化。

她拉了拉車門，拉不開；可凡一個人在車上是鎖了車門的。

她說：

「開門吧！」

是的，一如往常，她在收緊權力了，她已經把全盤認作是可凡的讓步了。是的，他們又循環回來，到了另一個圓滿點。什麼時候，那圓滿的極致出現時，那網又會破裂，他們又會像兩顆脫離了引力的星球，各自飄開去呢？

他們相繼上車。先是白敏攙著母親坐上前座，可凡旁邊。母親長長嘆了一口快樂的氣，全身鬆弛地說了一句：

「勒轉！」

小東聽得懂他奶奶的這句家鄉話，所以一溜煙跟著他哥哥上了後座，大辣辣坐在中間，也稚氣地向他爸喊著：

「回家！」

白敏最後上車。跟往常一樣，重手重腳地「碰」一聲關上車門；不過，這次似乎在本能的重力之外，強調了一點自信，隱隱地指向駕駛座上的可凡。

最沒有聲音的是小亞。這是他這一陣努力用來證明他「已經」長大了的方法之一，——儘可能不去附和別人的言語。

她就這樣借用巨大雕像的巨大形象，引出她自己的身影。自由、獨立、大膽地走出來，平視著他們，吶喊出她自己的聲音。哦，不，那不是吶喊，她向他們細述跟他們一樣又不一樣的靈魂。層層疊疊的奔放，被青澀駕馭著，終於掙脫出來，洪水一般竄流。而懾人的四射光芒，遮掩著一聲遲疑的弱音；一道與光芒背道而馳的陰霾，像是從遙遠發出的一個疑問，漸漸，那懷疑逐步潛近，與奔流的洪水雄辯地此起彼落，混成一團迷亂，又逐漸淡微，逐漸遠去。

洶湧的探索，悽愴、悲涼地懸吊在小提琴的一串顫慄上，沒有暗示；沒有終結。

它蟄伏到哪裡去了呢？

從茫茫的外在世界，禿禿地穿耳而進的，是這麼一句話在說著：

「到家了，下車哦！」

是投罩在他們周邊，主宰著他們這個小世界的，龐大實際得不容否定的聲音，——白敏的聲音。

然後是小東稚弱的歡呼……都從迷濛的外界，吃力地穿進來；接著是一串「碰、碰」關門聲，於是寂然。
於是，瞬間之前的一切都散逸了，滅絕了。

二〇一三年（癸巳年）十月十日改寫
二〇一五年（乙未年）三月五日修訂

釀小說73　PG1411

幕落

作　　者　賴維仁
責任編輯　陳思佑
圖文排版　周政緯
封面設計　楊廣榕

出版策劃　釀出版
製作發行　秀威資訊科技股份有限公司
114 台北市內湖區瑞光路76巷65號1樓
電話：+886-2-2796-3638　傳真：+886-2-2796-1377
服務信箱：service@showwe.com.tw
http://www.showwe.com.tw
郵政劃撥　19563868　戶名：秀威資訊科技股份有限公司
展售門市　國家書店【松江門市】
104 台北市中山區松江路209號1樓
電話：+886-2-2518-0207　傳真：+886-2-2518-0778
網路訂購　秀威網路書店：http://www.bodbooks.com.tw
國家網路書店：http://www.govbooks.com.tw
法律顧問　毛國樑　律師
總 經 銷　聯合發行股份有限公司
231新北市新店區寶橋路235巷6弄6號4F
電話：+886-2-2917-8022　傳真：+886-2-2915-6275

出版日期　2015年10月　BOD一版
定　　價　280元

Printed in Taiwan

國家圖書館出版品預行編目

幕落 / 賴維仁著. -- 一版. -- 臺北市 : 釀出版, 2015.10
面； 公分. -- (釀小說 ; 73)
BOD版
ISBN 978-986-445-057-2(平裝)

857.7 104018557

讀者回函卡

感謝您購買本書，為提升服務品質，請填妥以下資料，將讀者回函卡直接寄回或傳真本公司，收到您的寶貴意見後，我們會收藏記錄及檢討，謝謝！

如您需要了解本公司最新出版書目、購書優惠或企劃活動，歡迎您上網查詢或下載相關資料：http:// www.showwe.com.tw

您購買的書名：________________________________

出生日期：________年________月________日

學歷：□高中（含）以下　□大專　□研究所（含）以上

職業：□製造業　□金融業　□資訊業　□軍警　□傳播業　□自由業

□服務業　□公務員　□教職　□學生　□家管　□其它____

購書地點：□網路書店　□實體書店　□書展　□郵購　□贈閱　□其他

您從何得知本書的消息？

□網路書店　□實體書店　□網路搜尋　□電子報　□書訊　□雜誌

□傳播媒體　□親友推薦　□網站推薦　□部落格　□其他________

您對本書的評價：（請填代號　1.非常滿意　2.滿意　3.尚可　4.再改進）

封面設計____　版面編排____　內容____　文／譯筆____　價格____

讀完書後您覺得：

□很有收穫　□有收穫　□收穫不多　□沒收穫

對我們的建議：________________________________

____

____

____

請貼
郵票

11466
台北市內湖區瑞光路 76 巷 65 號 1 樓
秀威資訊科技股份有限公司 收
BOD 數位出版事業部

(請沿線對折寄回，謝謝！)

姓　　名：＿＿＿＿＿＿　年齡：＿＿＿＿　性別：□女　□男

郵遞區號：□□□□□

地　　址：＿＿＿＿＿＿＿＿＿＿＿＿

聯絡電話：(日)＿＿＿＿＿＿＿＿　(夜)＿＿＿＿＿＿＿＿

E-mail：＿＿＿＿＿＿＿＿＿＿＿＿